Dieses Buch gehört:

....

Meine Adresse:

....

....

Heutiges Datum:

Aktuelles Alter:

Ein Bild von mir

Hallo liebe Freunde, Bekannte, Verwandte,

dieses Buch soll für mich eine schöne Erinnerung an eine gemeinsame Zeit werden. Egal, ob wir in Zukunft viel, wenig oder gar keinen Kontakt haben werden. Denn niemand weiß, was die Zukunft bringt.

Egal ob ehrlich oder witzig oder beides... lasst Eurer Phantasie freien Lauf bei dem Ausfüllen und Gestalten.

Jedem von Euch stehen 4 Seiten zur Verfügung. Tobt Euch aus und ich hoffe, Ihr habt genauso viel Freude am Ausfüllen wie ich am Lesen. Hilfslinien werden sicher nicht nötig sein. Gerne dürft Ihr Eure Seite bunt gestalten oder bekleben, um ein einzigartiges Kunstwerk aus diesem Buch zu machen.

HAVE FUN

Name: Heutiges Datum:

Geburtstag:

Woher und wie lange kennst Du mich schon?

Was magst Du an mir?

Lieblingsmusik:

Leibgericht/e:

Lieblingsgetränk/e:

Katzen- oder Hundefreund:

Sport? Wenn ja, welche Arten:

Stadteule oder Landei:

Hast Du heute schon geschissen:

Burger King, Mac Donalds oder Subway:

Erfinde ein Wort, das es nicht gibt:

Bist Du smartphonesüchtig:

Klebe hier ein Bild von Dir rein:

Verfasse hier einen eigenen Text. Über Dich, oder irgendetwas anderes, was immer Du möchtest:

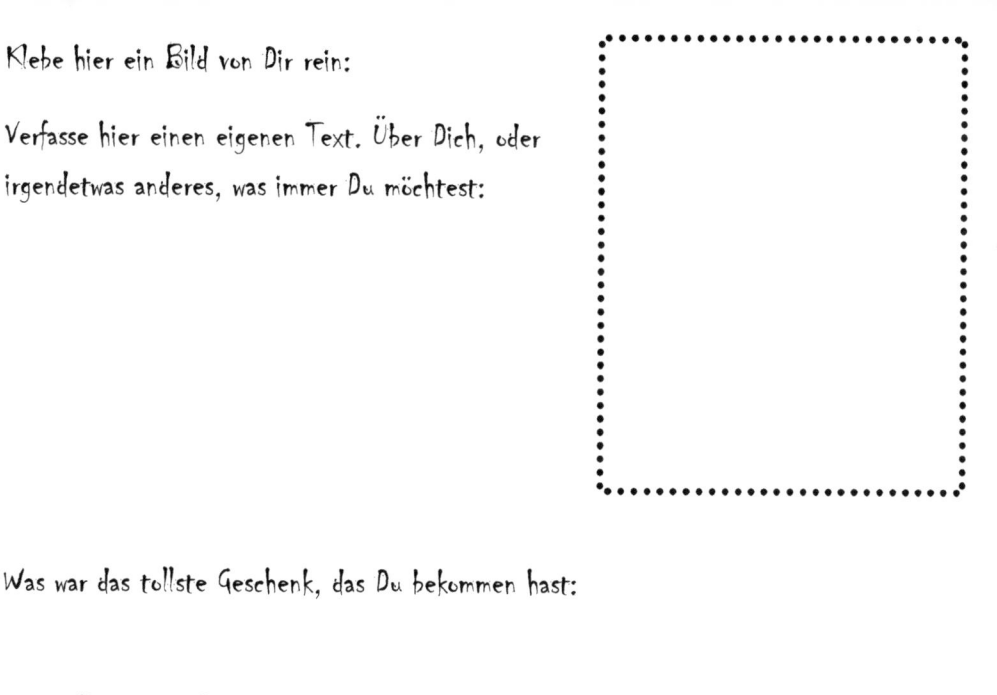

Was war das tollste Geschenk, das Du bekommen hast:

Was wolltest Du schon immer einmal tun, hast es aber noch nicht:

Wie denkst Du, würden andere Dich und Deine besonderen Fähigkeiten beschreiben:

☻♋■■♦♦ 👎♦   ♎♋♦ ●♏♦♏■:

Was ist das Verrückteste, das Du bisher gemacht hast:

Wünschst Du Dir was, wenn Du eine Sternschnuppe siehst:

Glaubst Du an Aliens, sowie Übernatürliches:

Was könnten wir mal wieder gemeinsam unternehmen:

Bitte male auf der nächsten Seite ein Bild für mich. Dir steht frei, was und wie.

Dein gemaltes Bild für mich (lege ein Blatt unter, falls Du Filzstifte nimmst):

Welche Macke/n hast Du:

Was ist Dein Lebensziel / Lebenswunsch:

Welchen Beruf übst Du aus, bist Du mit diesem zufrieden und wenn nein, was würdest Du lieber machen wenn Du freie Wahl hättest:

Wo warst Du schon überall in Urlaub und wo möchtest Du noch hin:

Was haut Dich vom Hocker:

Was ist das Peinlichste, das Dir passiert ist und an das Du Dich erinnerst:

Was tust Du nur heimlich:

Auf was bist Du stolz:

Was kannst Du überhaupt nicht leiden:

Als was würdest Du Dich gerne verkleiden:

Erzähl mir einen Witz:

Welche Frage fehlt Dir hier und beantworte sie zeitgleich:

Name: Heutiges Datum:

Geburtstag:

Woher und wie lange kennst Du mich schon?

Was magst Du an mir?

Lieblingsmusik:

Leibgericht/e:

Lieblingsgetränk/e:

Katzen- oder Hundefreund:

Sport? Wenn ja, welche Arten:

Stadteule oder Landei:

Hast Du heute schon geschissen:

Burger King, Mac Donalds oder Subway:

Erfinde ein Wort, das es nicht gibt:

Bist Du smartphonesüchtig:

Klebe hier ein Bild von Dir rein:

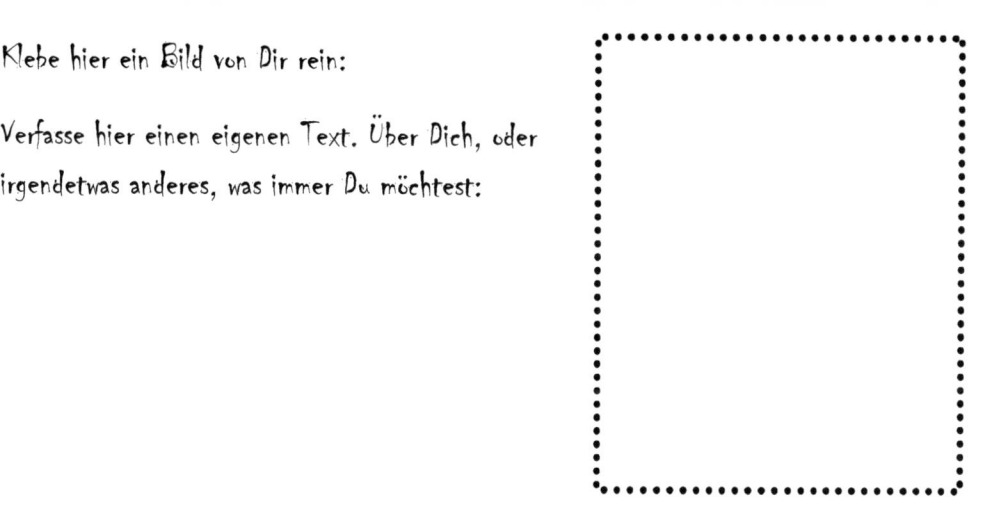

Verfasse hier einen eigenen Text. Über Dich, oder irgendetwas anderes, was immer Du möchtest:

Was war das tollste Geschenk, das Du bekommen hast:

Was wolltest Du schon immer einmal tun, hast es aber noch nicht:

Wie denkst Du, würden andere Dich und Deine besonderen Fähigkeiten beschreiben:

☹♋■■•♦ 👎♦ ♎♋• ●♏•♏■:

Was ist das Verrückteste, das Du bisher gemacht hast:

Wünschst Du Dir was, wenn Du eine Sternschnuppe siehst:

Glaubst Du an Aliens, sowie Übernatürliches:

Was könnten wir mal wieder gemeinsam unternehmen:

Bitte male auf der nächsten Seite ein Bild für mich. Dir steht frei, was und wie.

Dein gemaltes Bild für mich (lege ein Blatt unter, falls Du Filzstifte nimmst):

Welche Macke/n hast Du:

Was ist Dein Lebensziel / Lebenswunsch:

Welchen Beruf übst Du aus, bist Du mit diesem zufrieden und wenn nein, was würdest Du lieber machen wenn Du freie Wahl hättest:

Wo warst Du schon überall in Urlaub und wo möchtest Du noch hin:

Was haut Dich vom Hocker:

Was ist das Peinlichste, das Dir passiert ist und an das Du Dich erinnerst:

Was tust Du nur heimlich:

Auf was bist Du stolz:

Was kannst Du überhaupt nicht leiden:

Als was würdest Du Dich gerne verkleiden:

Erzähl mir einen Witz:

Welche Frage fehlt Dir hier und beantworte sie zeitgleich:

Name: Heutiges Datum:

Geburtstag:

Woher und wie lange kennst Du mich schon?

Was magst Du an mir?

Lieblingsmusik:

Leibgericht/e:

Lieblingsgetränk/e:

Katzen- oder Hundefreund:

Sport? Wenn ja, welche Arten:

Stadteule oder Landei:

Hast Du heute schon geschissen:

Burger King, Mac Donalds oder Subway:

Erfinde ein Wort, das es nicht gibt:

Bist Du smartphonesüchtig:

Klebe hier ein Bild von Dir rein:

Verfasse hier einen eigenen Text. Über Dich, oder irgendetwas anderes, was immer Du möchtest:

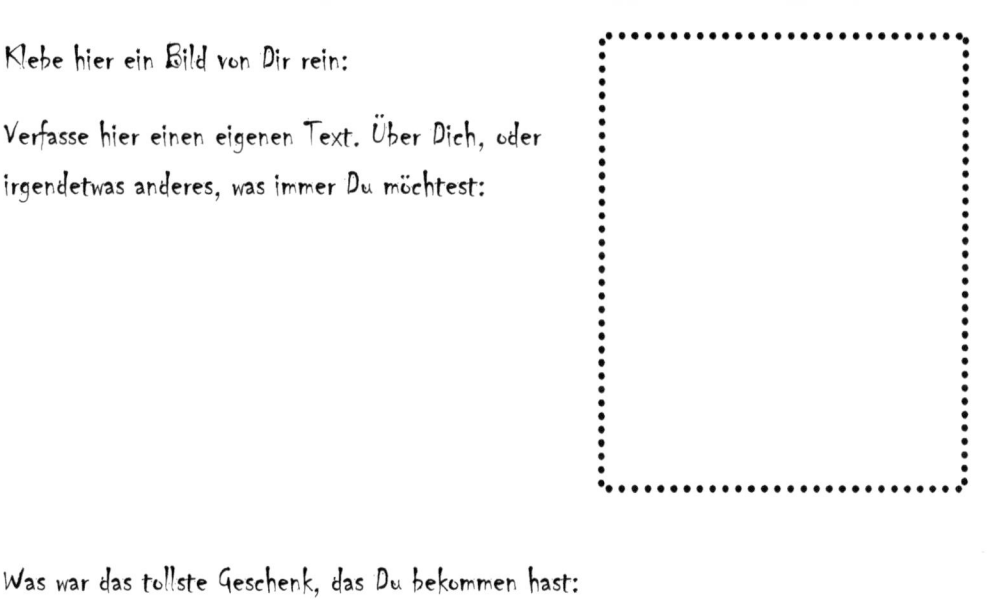

Was war das tollste Geschenk, das Du bekommen hast:

Was wolltest Du schon immer einmal tun, hast es aber noch nicht:

Wie denkst Du, würden andere Dich und Deine besonderen Fähigkeiten beschreiben:

☺♋■■•♦ ☞♦ ♎♋• ●♍•♍■:

Was ist das Verrückteste, das Du bisher gemacht hast:

Wünschst Du Dir was, wenn Du eine Sternschnuppe siehst:

Glaubst Du an Aliens, sowie Übernatürliches:

Was könnten wir mal wieder gemeinsam unternehmen:

Bitte male auf der nächsten Seite ein Bild für mich. Dir steht frei, was und wie.

Dein gemaltes Bild für mich (lege ein Blatt unter, falls Du Filzstifte nimmst):

Welche Macke/n hast Du:

Was ist Dein Lebensziel / Lebenswunsch:

Welchen Beruf übst Du aus, bist Du mit diesem zufrieden und wenn nein, was würdest Du lieber machen wenn Du freie Wahl hättest:

Wo warst Du schon überall in Urlaub und wo möchtest Du noch hin:

Was haut Dich vom Hocker:

Was ist das Peinlichste, das Dir passiert ist und an das Du Dich erinnerst:

Was tust Du nur heimlich:

Auf was bist Du stolz:

Was kannst Du überhaupt nicht leiden:

Als was würdest Du Dich gerne verkleiden:

Erzähl mir einen Witz:

Welche Frage fehlt Dir hier und beantworte sie zeitgleich:

Name: Heutiges Datum:

Geburtstag:

Woher und wie lange kennst Du mich schon?

Was magst Du an mir?

Lieblingsmusik:

Leibgericht/e:

Lieblingsgetränk/e:

Katzen- oder Hundefreund:

Sport? Wenn ja, welche Arten:

Stadteule oder Landei:

Hast Du heute schon geschissen:

Burger King, Mac Donalds oder Subway:

Erfinde ein Wort, das es nicht gibt:

Bist Du smartphonesüchtig:

Klebe hier ein Bild von Dir rein:

Verfasse hier einen eigenen Text. Über Dich, oder irgendetwas anderes, was immer Du möchtest:

Was war das tollste Geschenk, das Du bekommen hast:

Was wolltest Du schon immer einmal tun, hast es aber noch nicht:

Wie denkst Du, würden andere Dich und Deine besonderen Fähigkeiten beschreiben:

☺︎♋︎■︎■︎•︎♦︎ 👎︎♦︎   ♎︎♋︎•︎ ●︎♏︎•︎♏︎■︎:

Was ist das Verrückteste, das Du bisher gemacht hast:

Wünschst Du Dir was, wenn Du eine Sternschnuppe siehst:

Glaubst Du an Aliens, sowie Übernatürliches:

Was könnten wir mal wieder gemeinsam unternehmen:

Bitte male auf der nächsten Seite ein Bild für mich. Dir steht frei, was und wie.

Dein gemaltes Bild für mich (lege ein Blatt unter, falls Du Filzstifte nimmst):

Welche Macke/n hast Du:

Was ist Dein Lebensziel / Lebenswunsch:

Welchen Beruf übst Du aus, bist Du mit diesem zufrieden und wenn nein, was würdest Du lieber machen wenn Du freie Wahl hättest:

Wo warst Du schon überall in Urlaub und wo möchtest Du noch hin:

Was haut Dich vom Hocker:

Was ist das Peinlichste, das Dir passiert ist und an das Du Dich erinnerst:

Was tust Du nur heimlich:

Auf was bist Du stolz:

Was kannst Du überhaupt nicht leiden:

Als was würdest Du Dich gerne verkleiden:

Erzähl mir einen Witz:

Welche Frage fehlt Dir hier und beantworte sie zeitgleich:

Name: Heutiges Datum:

Geburtstag:

Woher und wie lange kennst Du mich schon?

Was magst Du an mir?

Lieblingsmusik:

Leibgericht/e:

Lieblingsgetränk/e:

Katzen- oder Hundefreund:

Sport? Wenn ja, welche Arten:

Stadteule oder Landei:

Hast Du heute schon geschissen:

Burger King, Mac Donalds oder Subway:

Erfinde ein Wort, das es nicht gibt:

Bist Du smartphonesüchtig:

Klebe hier ein Bild von Dir rein:

Verfasse hier einen eigenen Text. Über Dich, oder irgendetwas anderes, was immer Du möchtest:

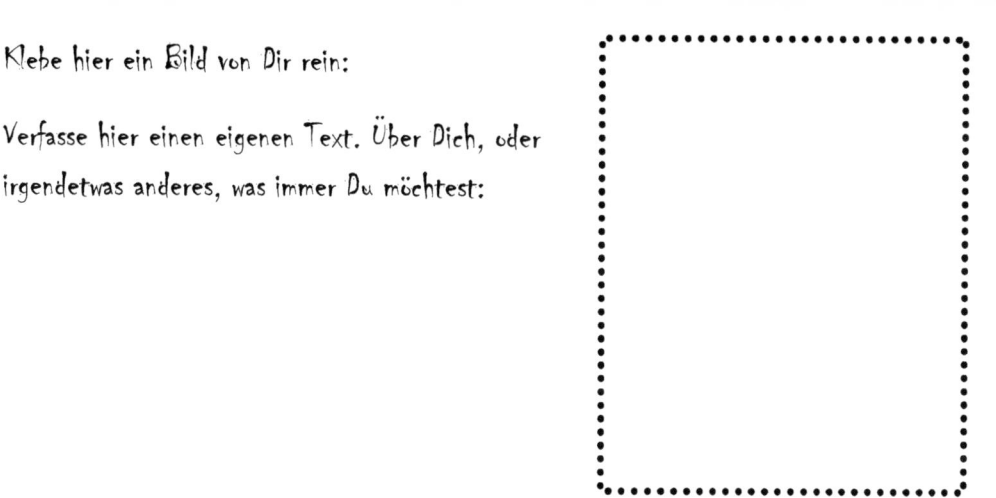

Was war das tollste Geschenk, das Du bekommen hast:

Was wolltest Du schon immer einmal tun, hast es aber noch nicht:

Wie denkst Du, würden andere Dich und Deine besonderen Fähigkeiten beschreiben:

☹♋■■•♦ ☞♦ ♎♋• ●♏•♏■:

Was ist das Verrückteste, das Du bisher gemacht hast:

Wünschst Du Dir was, wenn Du eine Sternschnuppe siehst:

Glaubst Du an Aliens, sowie Übernatürliches:

Was könnten wir mal wieder gemeinsam unternehmen:

Bitte male auf der nächsten Seite ein Bild für mich. Dir steht frei, was und wie.

Dein gemaltes Bild für mich (lege ein Blatt unter, falls Du Filzstifte nimmst):

Welche Macke/n hast Du:

Was ist Dein Lebensziel / Lebenswunsch:

Welchen Beruf übst Du aus, bist Du mit diesem zufrieden und wenn nein, was würdest Du lieber machen wenn Du freie Wahl hättest:

Wo warst Du schon überall in Urlaub und wo möchtest Du noch hin:

Was haut Dich vom Hocker:

Was ist das Peinlichste, das Dir passiert ist und an das Du Dich erinnerst:

Was tust Du nur heimlich:

Auf was bist Du stolz:

Was kannst Du überhaupt nicht leiden:

Als was würdest Du Dich gerne verkleiden:

Erzähl mir einen Witz:

Welche Frage fehlt Dir hier und beantworte sie zeitgleich:

Name: Heutiges Datum:

Geburtstag:

Woher und wie lange kennst Du mich schon?

Was magst Du an mir?

Lieblingsmusik:

Leibgericht/e:

Lieblingsgetränk/e:

Katzen- oder Hundefreund:

Sport? Wenn ja, welche Arten:

Stadteule oder Landei:

Hast Du heute schon geschissen:

Burger King, Mac Donalds oder Subway:

Erfinde ein Wort, das es nicht gibt:

Bist Du smartphonesüchtig:

Klebe hier ein Bild von Dir rein:

Verfasse hier einen eigenen Text. Über Dich, oder irgendetwas anderes, was immer Du möchtest:

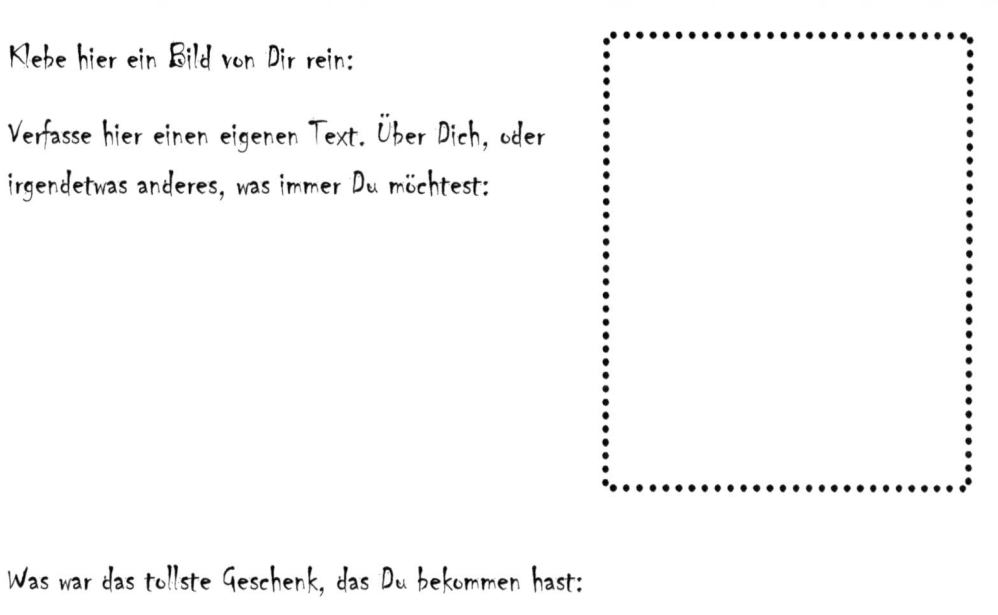

Was war das tollste Geschenk, das Du bekommen hast:

Was wolltest Du schon immer einmal tun, hast es aber noch nicht:

Wie denkst Du, würden andere Dich und Deine besonderen Fähigkeiten beschreiben:

☺♋■■•♦ ☜♦ ♎♋• ●♏•♏■:

Was ist das Verrückteste, das Du bisher gemacht hast:

Wünschst Du Dir was, wenn Du eine Sternschnuppe siehst:

Glaubst Du an Aliens, sowie Übernatürliches:

Was könnten wir mal wieder gemeinsam unternehmen:

Bitte male auf der nächsten Seite ein Bild für mich. Dir steht frei, was und wie.

Dein gemaltes Bild für mich (lege ein Blatt unter, falls Du Filzstifte nimmst):

Welche Macke/n hast Du:

Was ist Dein Lebensziel / Lebenswunsch:

Welchen Beruf übst Du aus, bist Du mit diesem zufrieden und wenn nein, was würdest Du lieber machen wenn Du freie Wahl hättest:

Wo warst Du schon überall in Urlaub und wo möchtest Du noch hin:

Was haut Dich vom Hocker:

Was ist das Peinlichste, das Dir passiert ist und an das Du Dich erinnerst:

Was tust Du nur heimlich:

Auf was bist Du stolz:

Was kannst Du überhaupt nicht leiden:

Als was würdest Du Dich gerne verkleiden:

Erzähl mir einen Witz:

Welche Frage fehlt Dir hier und beantworte sie zeitgleich:

Name: Heutiges Datum:

Geburtstag:

Woher und wie lange kennst Du mich schon?

Was magst Du an mir?

Lieblingsmusik:

Leibgericht/e:

Lieblingsgetränk/e:

Katzen- oder Hundefreund:

Sport? Wenn ja, welche Arten:

Stadteule oder Landei:

Hast Du heute schon geschissen:

Burger King, Mac Donalds oder Subway:

Erfinde ein Wort, das es nicht gibt:

Bist Du smartphonesüchtig:

Klebe hier ein Bild von Dir rein:

Verfasse hier einen eigenen Text. Über Dich, oder irgendetwas anderes, was immer Du möchtest:

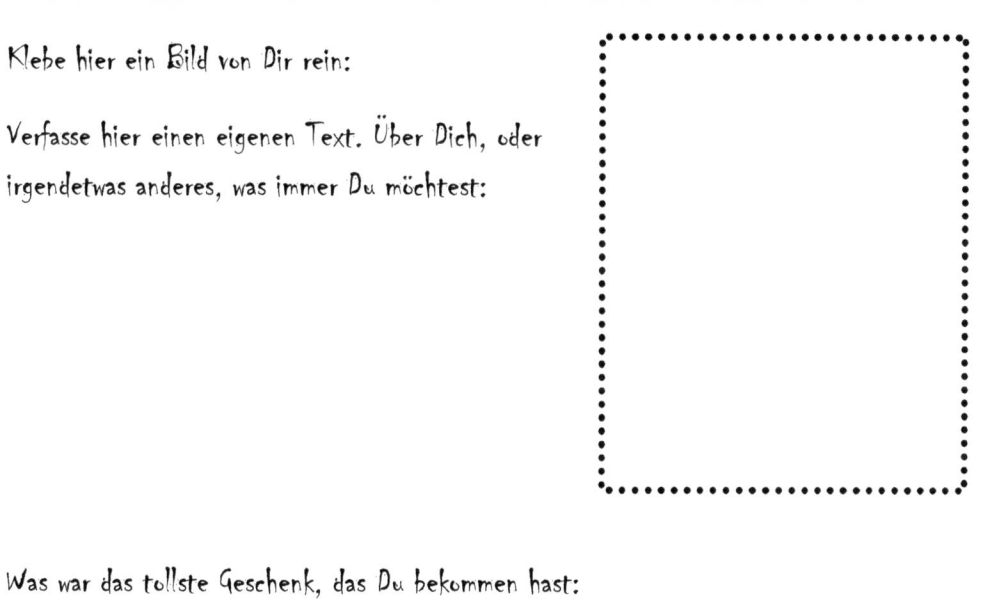

Was war das tollste Geschenk, das Du bekommen hast:

Was wolltest Du schon immer einmal tun, hast es aber noch nicht:

Wie denkst Du, würden andere Dich und Deine besonderen Fähigkeiten beschreiben:

☺♋■■•♦ ☜♦ ♎☺• ●♏•♏■:

Was ist das Verrückteste, das Du bisher gemacht hast:

Wünschst Du Dir was, wenn Du eine Sternschnuppe siehst:

Glaubst Du an Aliens, sowie Übernatürliches:

Was könnten wir mal wieder gemeinsam unternehmen:

Bitte male auf der nächsten Seite ein Bild für mich. Dir steht frei, was und wie.

Dein gemaltes Bild für mich (lege ein Blatt unter, falls Du Filzstifte nimmst):

Welche Macke/n hast Du:

Was ist Dein Lebensziel / Lebenswunsch:

Welchen Beruf übst Du aus, bist Du mit diesem zufrieden und wenn nein, was würdest Du lieber machen wenn Du freie Wahl hättest:

Wo warst Du schon überall in Urlaub und wo möchtest Du noch hin:

Was haut Dich vom Hocker:

Was ist das Peinlichste, das Dir passiert ist und an das Du Dich erinnerst:

Was tust Du nur heimlich:

Auf was bist Du stolz:

Was kannst Du überhaupt nicht leiden:

Als was würdest Du Dich gerne verkleiden:

Erzähl mir einen Witz:

Welche Frage fehlt Dir hier und beantworte sie zeitgleich:

Name: Heutiges Datum:

Geburtstag:

Woher und wie lange kennst Du mich schon?

Was magst Du an mir?

Lieblingsmusik:

Leibgericht/e:

Lieblingsgetränk/e:

Katzen- oder Hundefreund:

Sport? Wenn ja, welche Arten:

Stadteule oder Landei:

Hast Du heute schon geschissen:

Burger King, Mac Donalds oder Subway:

Erfinde ein Wort, das es nicht gibt:

Bist Du smartphonesüchtig:

Klebe hier ein Bild von Dir rein:

Verfasse hier einen eigenen Text. Über Dich, oder irgendetwas anderes, was immer Du möchtest:

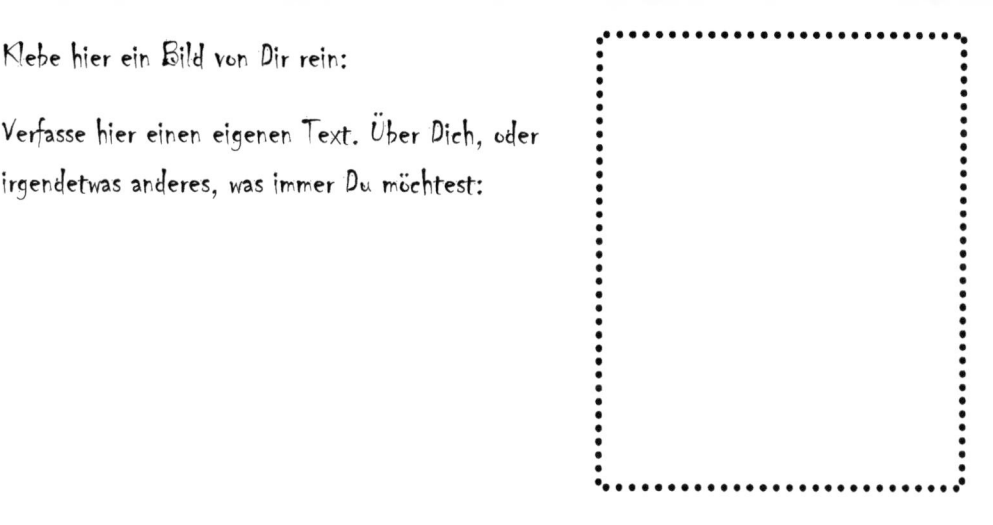

Was war das tollste Geschenk, das Du bekommen hast:

Was wolltest Du schon immer einmal tun, hast es aber noch nicht:

Wie denkst Du, würden andere Dich und Deine besonderen Fähigkeiten beschreiben:

☺○■■•◆ ☞◆ ♎○• ●♏•♏■:

Was ist das Verrückteste, das Du bisher gemacht hast:

Wünschst Du Dir was, wenn Du eine Sternschnuppe siehst:

Glaubst Du an Aliens, sowie Übernatürliches:

Was könnten wir mal wieder gemeinsam unternehmen:

Bitte male auf der nächsten Seite ein Bild für mich. Dir steht frei, was und wie.

Dein gemaltes Bild für mich (lege ein Blatt unter, falls Du Filzstifte nimmst):

Welche Macke/n hast Du:

Was ist Dein Lebensziel / Lebenswunsch:

Welchen Beruf übst Du aus, bist Du mit diesem zufrieden und wenn nein, was würdest Du lieber machen wenn Du freie Wahl hättest:

Wo warst Du schon überall in Urlaub und wo möchtest Du noch hin:

Was haut Dich vom Hocker:

Was ist das Peinlichste, das Dir passiert ist und an das Du Dich erinnerst:

Was tust Du nur heimlich:

Auf was bist Du stolz:

Was kannst Du überhaupt nicht leiden:

Als was würdest Du Dich gerne verkleiden:

Erzähl mir einen Witz:

Welche Frage fehlt Dir hier und beantworte sie zeitgleich:

Name: Heutiges Datum:

Geburtstag:

Woher und wie lange kennst Du mich schon?

Was magst Du an mir?

Lieblingsmusik:

Leibgericht/e:

Lieblingsgetränk/e:

Katzen- oder Hundefreund:

Sport? Wenn ja, welche Arten:

Stadteule oder Landei:

Hast Du heute schon geschissen:

Burger King, Mac Donalds oder Subway:

Erfinde ein Wort, das es nicht gibt:

Bist Du smartphonesüchtig:

Klebe hier ein Bild von Dir rein:

Verfasse hier einen eigenen Text. Über Dich, oder irgendetwas anderes, was immer Du möchtest:

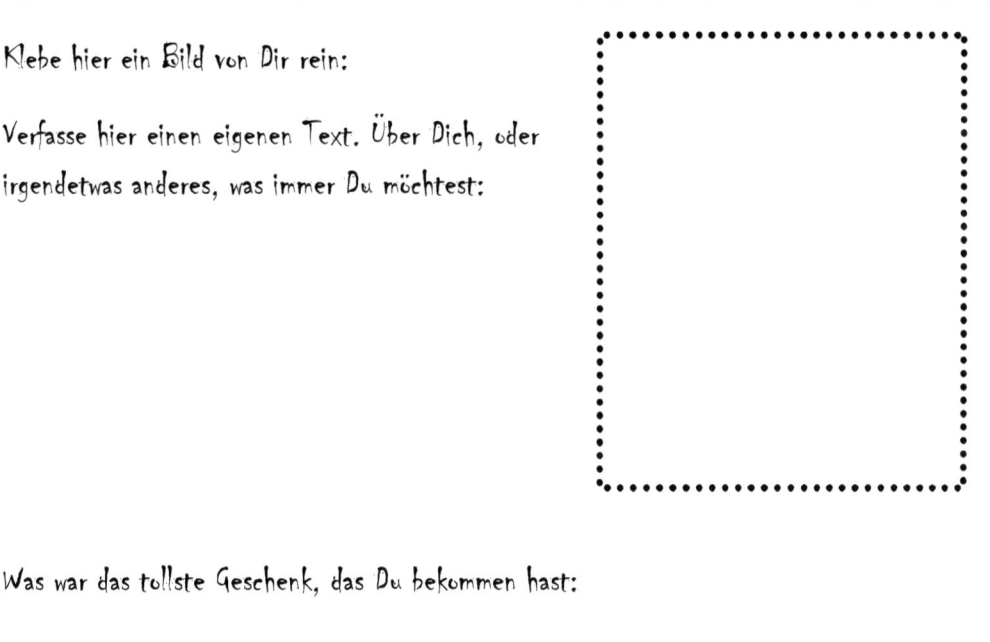

Was war das tollste Geschenk, das Du bekommen hast:

Was wolltest Du schon immer einmal tun, hast es aber noch nicht:

Wie denkst Du, würden andere Dich und Deine besonderen Fähigkeiten beschreiben:

☺♋■■•♦ ☜♦ ♎♋• ●♏•♏■:

Was ist das Verrückteste, das Du bisher gemacht hast:

Wünschst Du Dir was, wenn Du eine Sternschnuppe siehst:

Glaubst Du an Aliens, sowie Übernatürliches:

Was könnten wir mal wieder gemeinsam unternehmen:

Bitte male auf der nächsten Seite ein Bild für mich. Dir steht frei, was und wie.

Dein gemaltes Bild für mich (lege ein Blatt unter, falls Du Filzstifte nimmst):

Welche Macke/n hast Du:

Was ist Dein Lebensziel / Lebenswunsch:

Welchen Beruf übst Du aus, bist Du mit diesem zufrieden und wenn nein, was würdest Du lieber machen wenn Du freie Wahl hättest:

Wo warst Du schon überall in Urlaub und wo möchtest Du noch hin:

Was haut Dich vom Hocker:

Was ist das Peinlichste, das Dir passiert ist und an das Du Dich erinnerst:

Was tust Du nur heimlich:

Auf was bist Du stolz:

Was kannst Du überhaupt nicht leiden:

Als was würdest Du Dich gerne verkleiden:

Erzähl mir einen Witz:

Welche Frage fehlt Dir hier und beantworte sie zeitgleich:

Name: Heutiges Datum:

Geburtstag:

Woher und wie lange kennst Du mich schon?

Was magst Du an mir?

Lieblingsmusik:

Leibgericht/e:

Lieblingsgetränk/e:

Katzen- oder Hundefreund:

Sport? Wenn ja, welche Arten:

Stadteule oder Landei:

Hast Du heute schon geschissen:

Burger King, Mac Donalds oder Subway:

Erfinde ein Wort, das es nicht gibt:

Bist Du smartphonesüchtig:

Klebe hier ein Bild von Dir rein:

Verfasse hier einen eigenen Text. Über Dich, oder irgendetwas anderes, was immer Du möchtest:

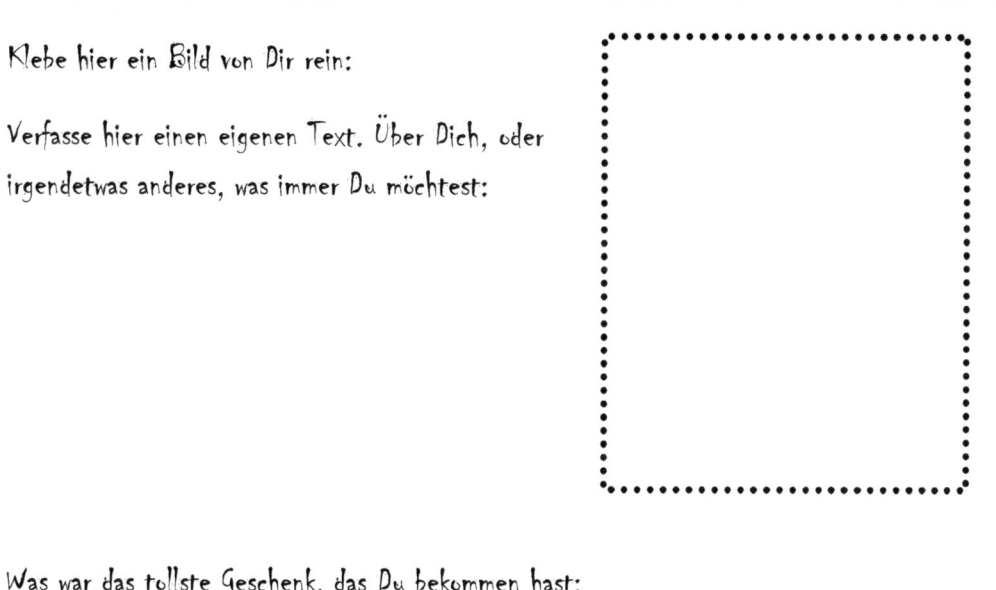

Was war das tollste Geschenk, das Du bekommen hast:

Was wolltest Du schon immer einmal tun, hast es aber noch nicht:

Wie denkst Du, würden andere Dich und Deine besonderen Fähigkeiten beschreiben:

☺♋■■•♦ 👎♦   ♎♋• ●♏•♏■:

Was ist das Verrückteste, das Du bisher gemacht hast:

Wünschst Du Dir was, wenn Du eine Sternschnuppe siehst:

Glaubst Du an Aliens, sowie Übernatürliches:

Was könnten wir mal wieder gemeinsam unternehmen:

Bitte male auf der nächsten Seite ein Bild für mich. Dir steht frei, was und wie.

Dein gemaltes Bild für mich (lege ein Blatt unter, falls Du Filzstifte nimmst):

Welche Macke/n hast Du:

Was ist Dein Lebensziel / Lebenswunsch:

Welchen Beruf übst Du aus, bist Du mit diesem zufrieden und wenn nein, was würdest Du lieber machen wenn Du freie Wahl hättest:

Wo warst Du schon überall in Urlaub und wo möchtest Du noch hin:

Was haut Dich vom Hocker:

Was ist das Peinlichste, das Dir passiert ist und an das Du Dich erinnerst:

Was tust Du nur heimlich:

Auf was bist Du stolz:

Was kannst Du überhaupt nicht leiden:

Als was würdest Du Dich gerne verkleiden:

Erzähl mir einen Witz:

Welche Frage fehlt Dir hier und beantworte sie zeitgleich:

Name: Heutiges Datum:

Geburtstag:

Woher und wie lange kennst Du mich schon?

Was magst Du an mir?

Lieblingsmusik:

Leibgericht/e:

Lieblingsgetränk/e:

Katzen- oder Hundefreund:

Sport? Wenn ja, welche Arten:

Stadteule oder Landei:

Hast Du heute schon geschissen:

Burger King, Mac Donalds oder Subway:

Erfinde ein Wort, das es nicht gibt:

Bist Du smartphonesüchtig:

Klebe hier ein Bild von Dir rein:

Verfasse hier einen eigenen Text. Über Dich, oder irgendetwas anderes, was immer Du möchtest:

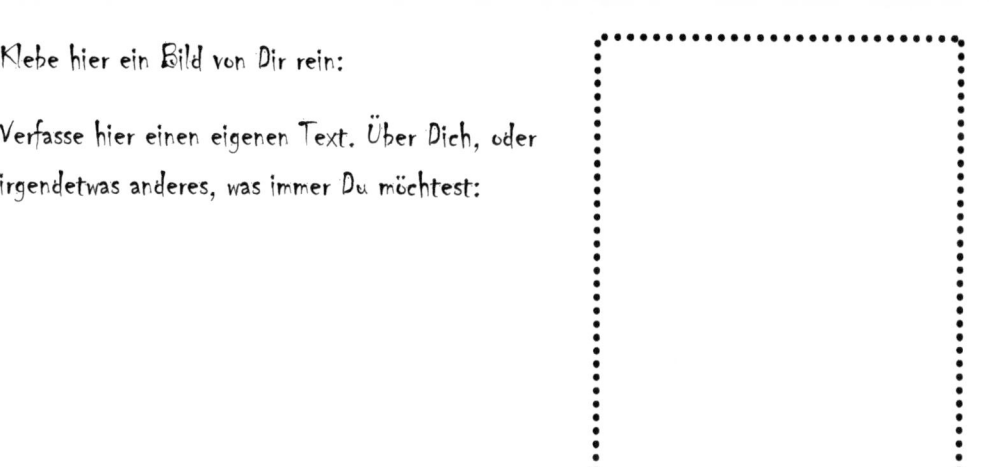

Was war das tollste Geschenk, das Du bekommen hast:

Was wolltest Du schon immer einmal tun, hast es aber noch nicht:

Wie denkst Du, würden andere Dich und Deine besonderen Fähigkeiten beschreiben:

☺♋■■•♦ ☜♦ ♎♋• ●m•m■:

Was ist das Verrückteste, das Du bisher gemacht hast:

Wünschst Du Dir was, wenn Du eine Sternschnuppe siehst:

Glaubst Du an Aliens, sowie Übernatürliches:

Was könnten wir mal wieder gemeinsam unternehmen:

Bitte male auf der nächsten Seite ein Bild für mich. Dir steht frei, was und wie.

Dein gemaltes Bild für mich (lege ein Blatt unter, falls Du Filzstifte nimmst):

Welche Macke/n hast Du:

Was ist Dein Lebensziel / Lebenswunsch:

Welchen Beruf übst Du aus, bist Du mit diesem zufrieden und wenn nein, was würdest Du lieber machen wenn Du freie Wahl hättest:

Wo warst Du schon überall in Urlaub und wo möchtest Du noch hin:

Was haut Dich vom Hocker:

Was ist das Peinlichste, das Dir passiert ist und an das Du Dich erinnerst:

Was tust Du nur heimlich:

Auf was bist Du stolz:

Was kannst Du überhaupt nicht leiden:

Als was würdest Du Dich gerne verkleiden:

Erzähl mir einen Witz:

Welche Frage fehlt Dir hier und beantworte sie zeitgleich:

Name: Heutiges Datum:

Geburtstag:

Woher und wie lange kennst Du mich schon?

Was magst Du an mir?

Lieblingsmusik:

Leibgericht/e:

Lieblingsgetränk/e:

Katzen- oder Hundefreund:

Sport? Wenn ja, welche Arten:

Stadteule oder Landei:

Hast Du heute schon geschissen:

Burger King, Mac Donalds oder Subway:

Erfinde ein Wort, das es nicht gibt:

Bist Du smartphonesüchtig:

Klebe hier ein Bild von Dir rein:

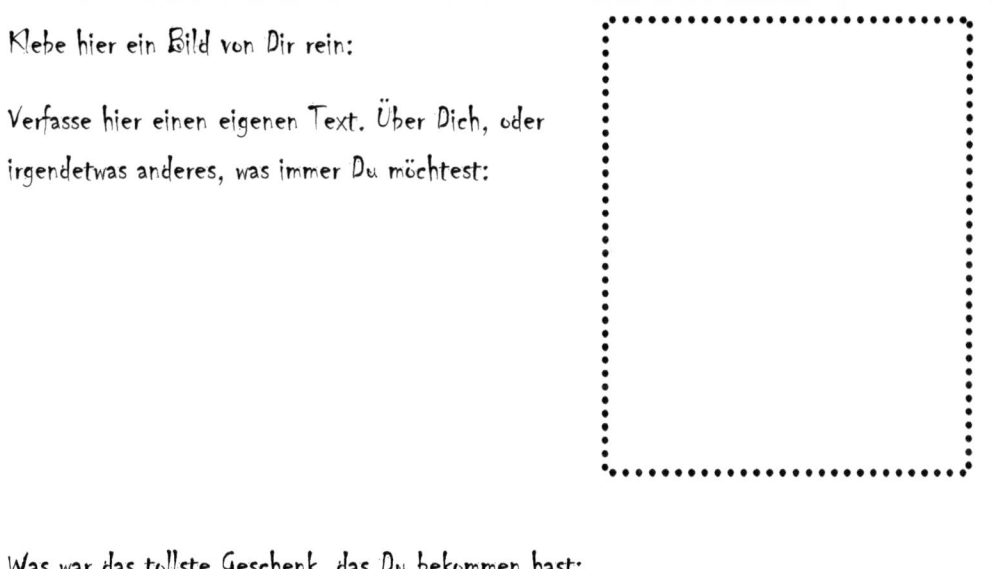

Verfasse hier einen eigenen Text. Über Dich, oder irgendetwas anderes, was immer Du möchtest:

Was war das tollste Geschenk, das Du bekommen hast:

Was wolltest Du schon immer einmal tun, hast es aber noch nicht:

Wie denkst Du, würden andere Dich und Deine besonderen Fähigkeiten beschreiben:

☺︎♋︎■︎■︎•︎♦︎ ☝︎♦︎ ⎈︎♋︎•︎ ●︎♏︎•︎♏︎■︎:

Was ist das Verrückteste, das Du bisher gemacht hast:

Wünschst Du Dir was, wenn Du eine Sternschnuppe siehst:

Glaubst Du an Aliens, sowie Übernatürliches:

Was könnten wir mal wieder gemeinsam unternehmen:

Bitte male auf der nächsten Seite ein Bild für mich. Dir steht frei, was und wie.

Dein gemaltes Bild für mich (lege ein Blatt unter, falls Du Filzstifte nimmst):

Welche Macke/n hast Du:

Was ist Dein Lebensziel / Lebenswunsch:

Welchen Beruf übst Du aus, bist Du mit diesem zufrieden und wenn nein, was würdest Du lieber machen wenn Du freie Wahl hättest:

Wo warst Du schon überall in Urlaub und wo möchtest Du noch hin:

Was haut Dich vom Hocker:

Was ist das Peinlichste, das Dir passiert ist und an das Du Dich erinnerst:

Was tust Du nur heimlich:

Auf was bist Du stolz:

Was kannst Du überhaupt nicht leiden:

Als was würdest Du Dich gerne verkleiden:

Erzähl mir einen Witz:

Welche Frage fehlt Dir hier und beantworte sie zeitgleich:

Name: Heutiges Datum:

Geburtstag:

Woher und wie lange kennst Du mich schon?

Was magst Du an mir?

Lieblingsmusik:

Leibgericht/e:

Lieblingsgetränk/e:

Katzen- oder Hundefreund:

Sport? Wenn ja, welche Arten:

Stadteule oder Landei:

Hast Du heute schon geschissen:

Burger King, Mac Donalds oder Subway:

Erfinde ein Wort, das es nicht gibt:

Bist Du smartphonesüchtig:

Klebe hier ein Bild von Dir rein:

Verfasse hier einen eigenen Text. Über Dich, oder irgendetwas anderes, was immer Du möchtest:

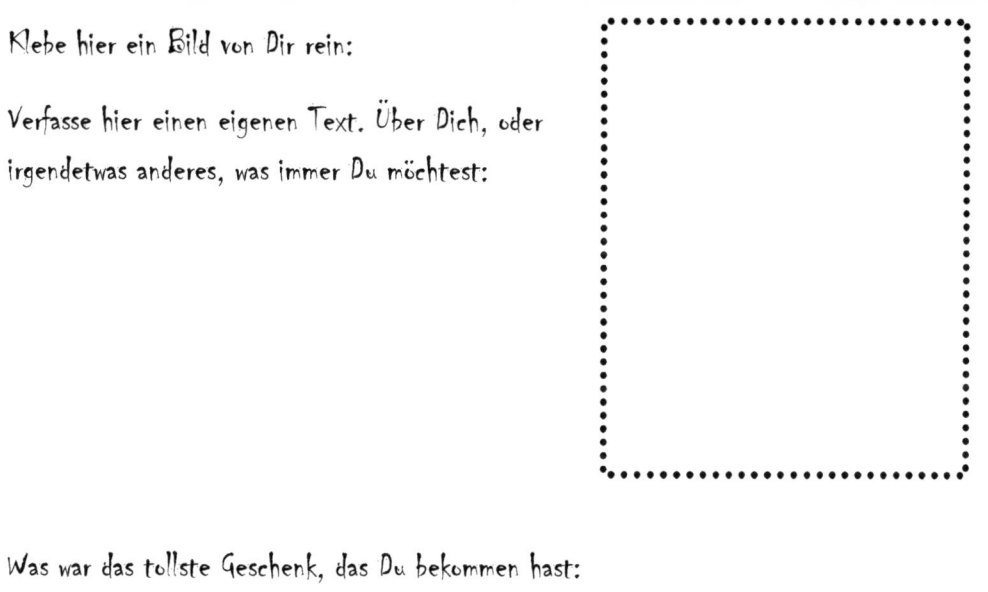

Was war das tollste Geschenk, das Du bekommen hast:

Was wolltest Du schon immer einmal tun, hast es aber noch nicht:

Wie denkst Du, würden andere Dich und Deine besonderen Fähigkeiten beschreiben:

☺♋■■•♦ ☜♦ ♎♋• ●♏•♏■:

Was ist das Verrückteste, das Du bisher gemacht hast:

Wünschst Du Dir was, wenn Du eine Sternschnuppe siehst:

Glaubst Du an Aliens, sowie Übernatürliches:

Was könnten wir mal wieder gemeinsam unternehmen:

Bitte male auf der nächsten Seite ein Bild für mich. Dir steht frei, was und wie.

Dein gemaltes Bild für mich (lege ein Blatt unter, falls Du Filzstifte nimmst):

Welche Macke/n hast Du:

Was ist Dein Lebensziel / Lebenswunsch:

Welchen Beruf übst Du aus, bist Du mit diesem zufrieden und wenn nein, was würdest Du lieber machen wenn Du freie Wahl hättest:

Wo warst Du schon überall in Urlaub und wo möchtest Du noch hin:

Was haut Dich vom Hocker:

Was ist das Peinlichste, das Dir passiert ist und an das Du Dich erinnerst:

Was tust Du nur heimlich:

Auf was bist Du stolz:

Was kannst Du überhaupt nicht leiden:

Als was würdest Du Dich gerne verkleiden:

Erzähl mir einen Witz:

Welche Frage fehlt Dir hier und beantworte sie zeitgleich:

Name: Heutiges Datum:

Geburtstag:

Woher und wie lange kennst Du mich schon?

Was magst Du an mir?

Lieblingsmusik:

Leibgericht/e:

Lieblingsgetränk/e:

Katzen- oder Hundefreund:

Sport? Wenn ja, welche Arten:

Stadteule oder Landei:

Hast Du heute schon geschissen:

Burger King, Mac Donalds oder Subway:

Erfinde ein Wort, das es nicht gibt:

Bist Du smartphonesüchtig:

Klebe hier ein Bild von Dir rein:

Verfasse hier einen eigenen Text. Über Dich, oder irgendetwas anderes, was immer Du möchtest:

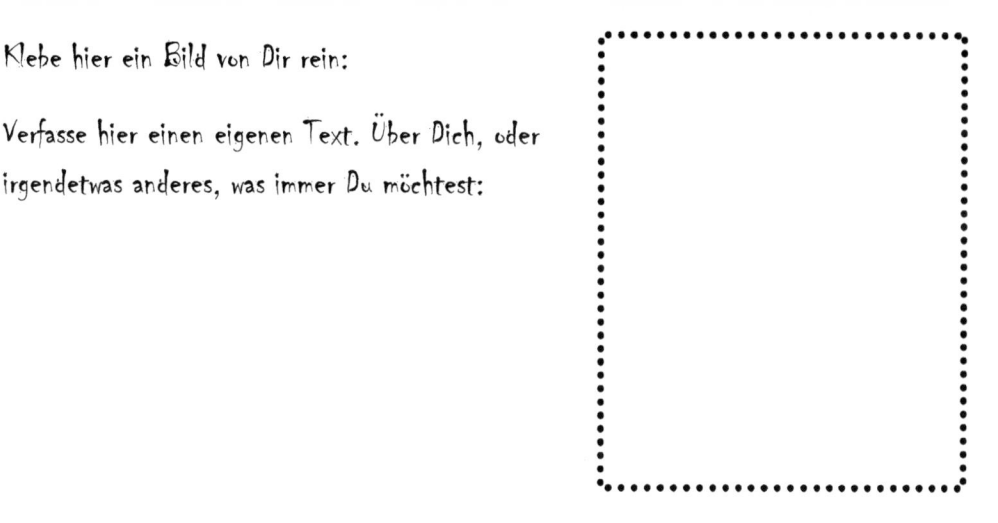

Was war das tollste Geschenk, das Du bekommen hast:

Was wolltest Du schon immer einmal tun, hast es aber noch nicht:

Wie denkst Du, würden andere Dich und Deine besonderen Fähigkeiten beschreiben:

☹♋■■•♦   👎♦   ♌♋•   ●♍•♍■:

Was ist das Verrückteste, das Du bisher gemacht hast:

Wünschst Du Dir was, wenn Du eine Sternschnuppe siehst:

Glaubst Du an Aliens, sowie Übernatürliches:

Was könnten wir mal wieder gemeinsam unternehmen:

Bitte male auf der nächsten Seite ein Bild für mich. Dir steht frei, was und wie.

Dein gemaltes Bild für mich (lege ein Blatt unter, falls Du Filzstifte nimmst):

Welche Macke/n hast Du:

Was ist Dein Lebensziel / Lebenswunsch:

Welchen Beruf übst Du aus, bist Du mit diesem zufrieden und wenn nein, was würdest Du lieber machen wenn Du freie Wahl hättest:

Wo warst Du schon überall in Urlaub und wo möchtest Du noch hin:

Was haut Dich vom Hocker:

Was ist das Peinlichste, das Dir passiert ist und an das Du Dich erinnerst:

Was tust Du nur heimlich:

Auf was bist Du stolz:

Was kannst Du überhaupt nicht leiden:

Als was würdest Du Dich gerne verkleiden:

Erzähl mir einen Witz:

Welche Frage fehlt Dir hier und beantworte sie zeitgleich:

Name: Heutiges Datum:

Geburtstag:

Woher und wie lange kennst Du mich schon?

Was magst Du an mir?

Lieblingsmusik:

Leibgericht/e:

Lieblingsgetränk/e:

Katzen- oder Hundefreund:

Sport? Wenn ja, welche Arten:

Stadteule oder Landei:

Hast Du heute schon geschissen:

Burger King, Mac Donalds oder Subway:

Erfinde ein Wort, das es nicht gibt:

Bist Du smartphonesüchtig:

Klebe hier ein Bild von Dir rein:

Verfasse hier einen eigenen Text. Über Dich, oder irgendetwas anderes, was immer Du möchtest:

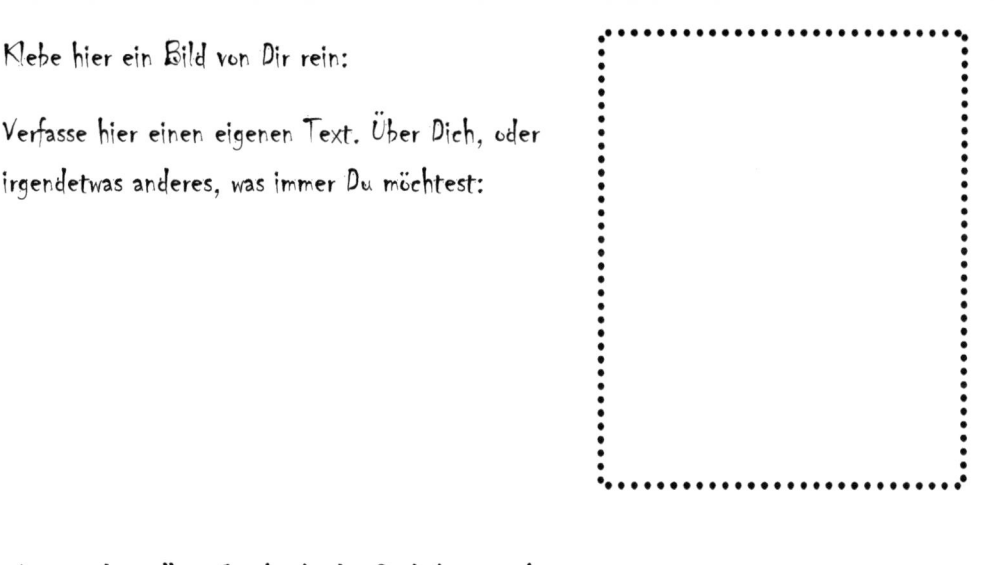

Was war das tollste Geschenk, das Du bekommen hast:

Was wolltest Du schon immer einmal tun, hast es aber noch nicht:

Wie denkst Du, würden andere Dich und Deine besonderen Fähigkeiten beschreiben:

☺♋■■•♦   ☜♦   ♎♋•   ●♏•♏■:

Was ist das Verrückteste, das Du bisher gemacht hast:

Wünschst Du Dir was, wenn Du eine Sternschnuppe siehst:

Glaubst Du an Aliens, sowie Übernatürliches:

Was könnten wir mal wieder gemeinsam unternehmen:

Bitte male auf der nächsten Seite ein Bild für mich. Dir steht frei, was und wie.

Dein gemaltes Bild für mich (lege ein Blatt unter, falls Du Filzstifte nimmst):

Welche Macke/n hast Du:

Was ist Dein Lebensziel / Lebenswunsch:

Welchen Beruf übst Du aus, bist Du mit diesem zufrieden und wenn nein, was würdest Du lieber machen wenn Du freie Wahl hättest:

Wo warst Du schon überall in Urlaub und wo möchtest Du noch hin:

Was haut Dich vom Hocker:

Was ist das Peinlichste, das Dir passiert ist und an das Du Dich erinnerst:

Was tust Du nur heimlich:

Auf was bist Du stolz:

Was kannst Du überhaupt nicht leiden:

Als was würdest Du Dich gerne verkleiden:

Erzähl mir einen Witz:

Welche Frage fehlt Dir hier und beantworte sie zeitgleich:

Name: Heutiges Datum:

Geburtstag:

Woher und wie lange kennst Du mich schon?

Was magst Du an mir?

Lieblingsmusik:

Leibgericht/e:

Lieblingsgetränk/e:

Katzen- oder Hundefreund:

Sport? Wenn ja, welche Arten:

Stadteule oder Landei:

Hast Du heute schon geschissen:

Burger King, Mac Donalds oder Subway:

Erfinde ein Wort, das es nicht gibt:

Bist Du smartphonesüchtig:

Klebe hier ein Bild von Dir rein:

Verfasse hier einen eigenen Text. Über Dich, oder irgendetwas anderes, was immer Du möchtest:

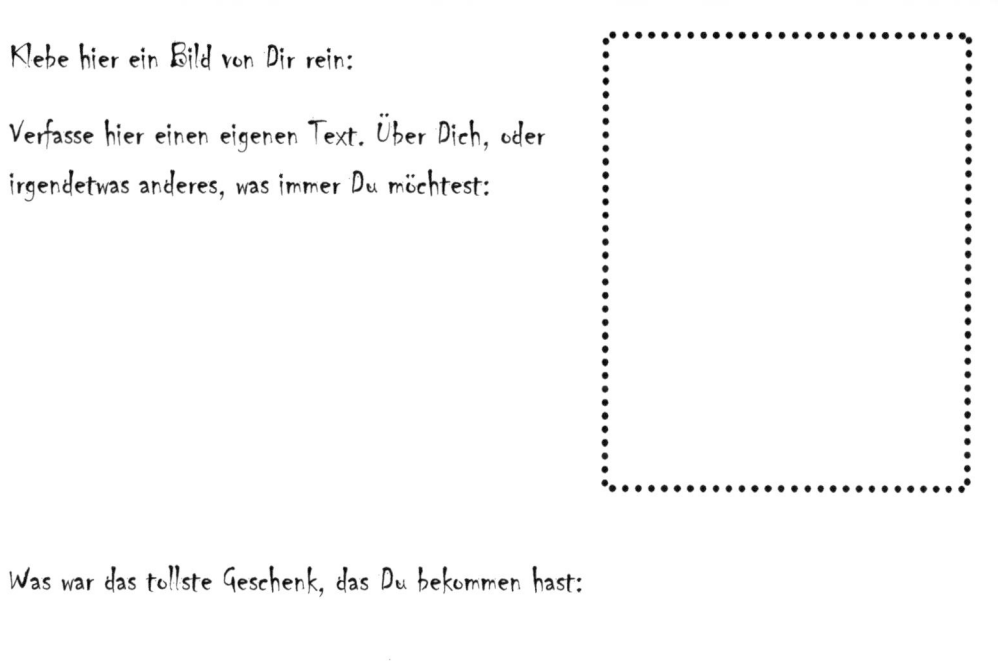

Was war das tollste Geschenk, das Du bekommen hast:

Was wolltest Du schon immer einmal tun, hast es aber noch nicht:

Wie denkst Du, würden andere Dich und Deine besonderen Fähigkeiten beschreiben:

☺♋■■•♦ ☜♦ ♎♋• ●♍•♍■:

Was ist das Verrückteste, das Du bisher gemacht hast:

Wünschst Du Dir was, wenn Du eine Sternschnuppe siehst:

Glaubst Du an Aliens, sowie Übernatürliches:

Was könnten wir mal wieder gemeinsam unternehmen:

Bitte male auf der nächsten Seite ein Bild für mich. Dir steht frei, was und wie.

Dein gemaltes Bild für mich (lege ein Blatt unter, falls Du Filzstifte nimmst):

Welche Macke/n hast Du:

Was ist Dein Lebensziel / Lebenswunsch:

Welchen Beruf übst Du aus, bist Du mit diesem zufrieden und wenn nein, was würdest Du lieber machen wenn Du freie Wahl hättest:

Wo warst Du schon überall in Urlaub und wo möchtest Du noch hin:

Was haut Dich vom Hocker:

Was ist das Peinlichste, das Dir passiert ist und an das Du Dich erinnerst:

Was tust Du nur heimlich:

Auf was bist Du stolz:

Was kannst Du überhaupt nicht leiden:

Als was würdest Du Dich gerne verkleiden:

Erzähl mir einen Witz:

Welche Frage fehlt Dir hier und beantworte sie zeitgleich:

Name: Heutiges Datum:

Geburtstag:

Woher und wie lange kennst Du mich schon?

Was magst Du an mir?

Lieblingsmusik:

Leibgericht/e:

Lieblingsgetränk/e:

Katzen- oder Hundefreund:

Sport? Wenn ja, welche Arten:

Stadteule oder Landei:

Hast Du heute schon geschissen:

Burger King, Mac Donalds oder Subway:

Erfinde ein Wort, das es nicht gibt:

Bist Du smartphonesüchtig:

Klebe hier ein Bild von Dir rein:

Verfasse hier einen eigenen Text. Über Dich, oder irgendetwas anderes, was immer Du möchtest:

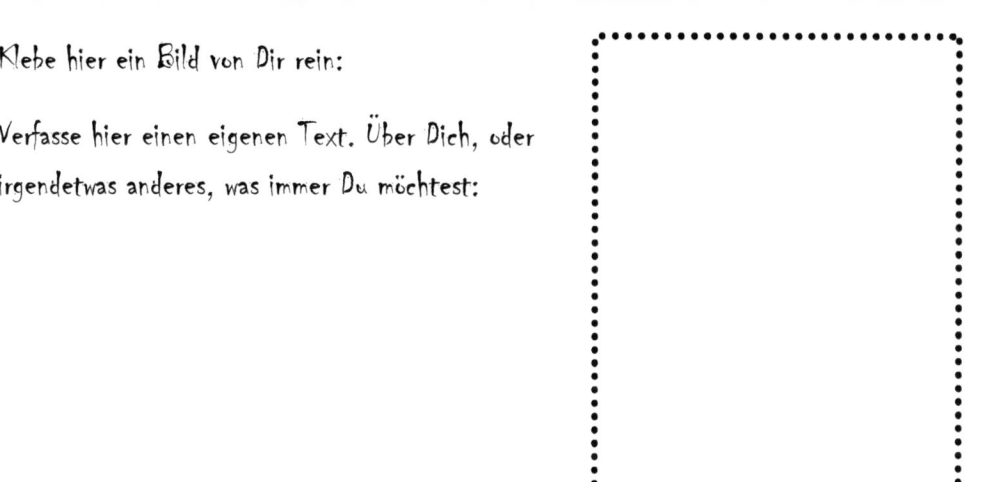

Was war das tollste Geschenk, das Du bekommen hast:

Was wolltest Du schon immer einmal tun, hast es aber noch nicht:

Wie denkst Du, würden andere Dich und Deine besonderen Fähigkeiten beschreiben:

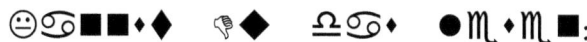

Was ist das Verrückteste, das Du bisher gemacht hast:

Wünschst Du Dir was, wenn Du eine Sternschnuppe siehst:

Glaubst Du an Aliens, sowie Übernatürliches:

Was könnten wir mal wieder gemeinsam unternehmen:

Bitte male auf der nächsten Seite ein Bild für mich. Dir steht frei, was und wie.

Dein gemaltes Bild für mich (lege ein Blatt unter, falls Du Filzstifte nimmst):

Welche Macke/n hast Du:

Was ist Dein Lebensziel / Lebenswunsch:

Welchen Beruf übst Du aus, bist Du mit diesem zufrieden und wenn nein, was würdest Du lieber machen wenn Du freie Wahl hättest:

Wo warst Du schon überall in Urlaub und wo möchtest Du noch hin:

Was haut Dich vom Hocker:

Was ist das Peinlichste, das Dir passiert ist und an das Du Dich erinnerst:

Was tust Du nur heimlich:

Auf was bist Du stolz:

Was kannst Du überhaupt nicht leiden:

Als was würdest Du Dich gerne verkleiden:

Erzähl mir einen Witz:

Welche Frage fehlt Dir hier und beantworte sie zeitgleich:

Name: Heutiges Datum:

Geburtstag:

Woher und wie lange kennst Du mich schon?

Was magst Du an mir?

Lieblingsmusik:

Leibgericht/e:

Lieblingsgetränk/e:

Katzen- oder Hundefreund:

Sport? Wenn ja, welche Arten:

Stadteule oder Landei:

Hast Du heute schon geschissen:

Burger King, Mac Donalds oder Subway:

Erfinde ein Wort, das es nicht gibt:

Bist Du smartphonesüchtig:

Klebe hier ein Bild von Dir rein:

Verfasse hier einen eigenen Text. Über Dich, oder irgendetwas anderes, was immer Du möchtest:

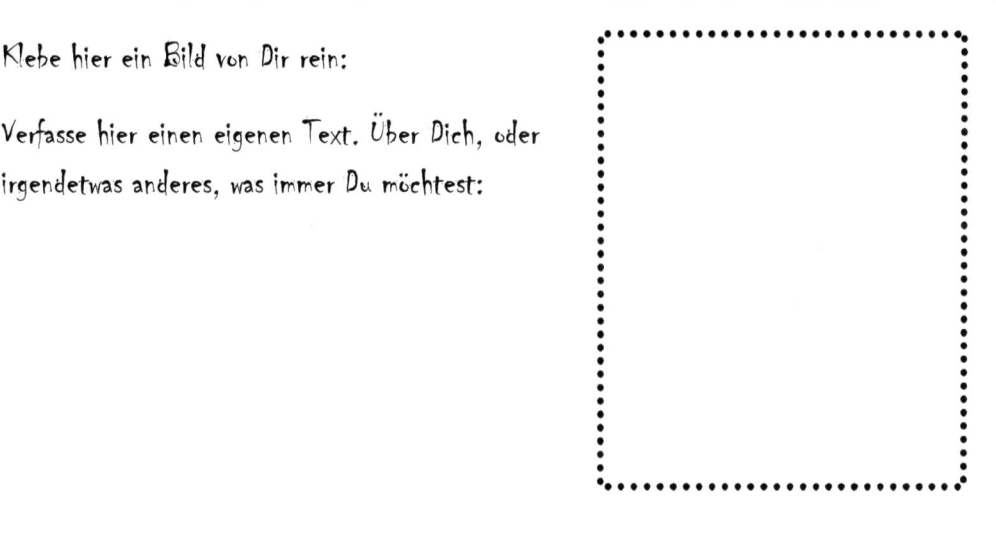

Was war das tollste Geschenk, das Du bekommen hast:

Was wolltest Du schon immer einmal tun, hast es aber noch nicht:

Wie denkst Du, würden andere Dich und Deine besonderen Fähigkeiten beschreiben:

☺♋■■•♦ 👎♦ ♎♋• ●♏•♏■:

Was ist das Verrückteste, das Du bisher gemacht hast:

Wünschst Du Dir was, wenn Du eine Sternschnuppe siehst:

Glaubst Du an Aliens, sowie Übernatürliches:

Was könnten wir mal wieder gemeinsam unternehmen:

Bitte male auf der nächsten Seite ein Bild für mich. Dir steht frei, was und wie.

Dein gemaltes Bild für mich (lege ein Blatt unter, falls Du Filzstifte nimmst):

Welche Macke/n hast Du:

Was ist Dein Lebensziel / Lebenswunsch:

Welchen Beruf übst Du aus, bist Du mit diesem zufrieden und wenn nein, was würdest Du lieber machen wenn Du freie Wahl hättest:

Wo warst Du schon überall in Urlaub und wo möchtest Du noch hin:

Was haut Dich vom Hocker:

Was ist das Peinlichste, das Dir passiert ist und an das Du Dich erinnerst:

Was tust Du nur heimlich:

Auf was bist Du stolz:

Was kannst Du überhaupt nicht leiden:

Als was würdest Du Dich gerne verkleiden:

Erzähl mir einen Witz:

Welche Frage fehlt Dir hier und beantworte sie zeitgleich:

Name: Heutiges Datum:

Geburtstag:

Woher und wie lange kennst Du mich schon?

Was magst Du an mir?

Lieblingsmusik:

Leibgericht/e:

Lieblingsgetränk/e:

Katzen- oder Hundefreund:

Sport? Wenn ja, welche Arten:

Stadteule oder Landei:

Hast Du heute schon geschissen:

Burger King, Mac Donalds oder Subway:

Erfinde ein Wort, das es nicht gibt:

Bist Du smartphonesüchtig:

Klebe hier ein Bild von Dir rein:

Verfasse hier einen eigenen Text. Über Dich, oder irgendetwas anderes, was immer Du möchtest:

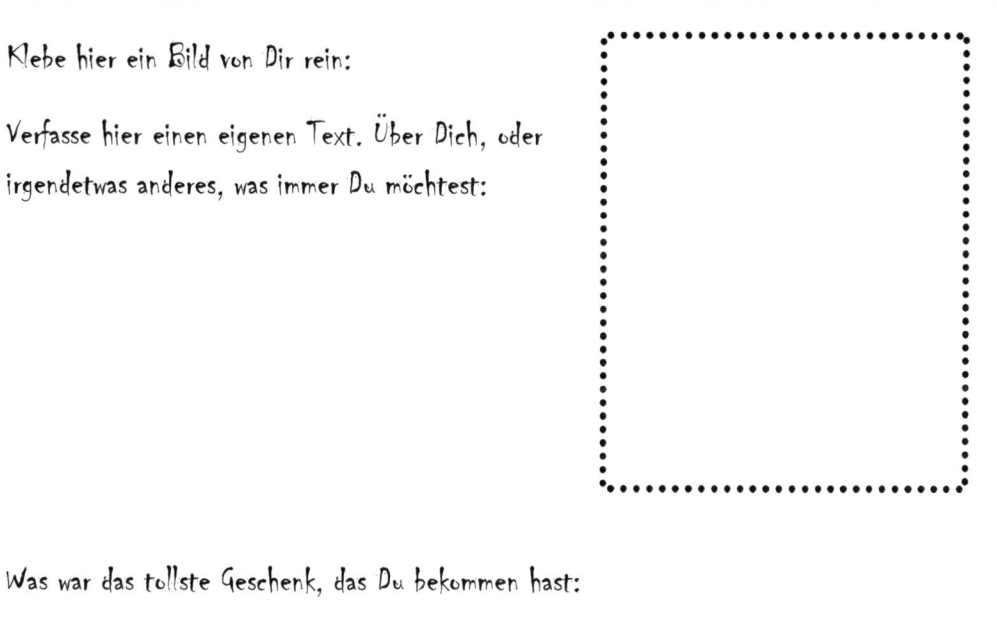

Was war das tollste Geschenk, das Du bekommen hast:

Was wolltest Du schon immer einmal tun, hast es aber noch nicht:

Wie denkst Du, würden andere Dich und Deine besonderen Fähigkeiten beschreiben:

☺♋■■•♦   ☜♦   ♎♋•   ●♏•♏■:

Was ist das Verrückteste, das Du bisher gemacht hast:

Wünschst Du Dir was, wenn Du eine Sternschnuppe siehst:

Glaubst Du an Aliens, sowie Übernatürliches:

Was könnten wir mal wieder gemeinsam unternehmen:

Bitte male auf der nächsten Seite ein Bild für mich. Dir steht frei, was und wie.

Dein gemaltes Bild für mich (lege ein Blatt unter, falls Du Filzstifte nimmst):

Welche Macke/n hast Du:

Was ist Dein Lebensziel / Lebenswunsch:

Welchen Beruf übst Du aus, bist Du mit diesem zufrieden und wenn nein, was würdest Du lieber machen wenn Du freie Wahl hättest:

Wo warst Du schon überall in Urlaub und wo möchtest Du noch hin:

Was haut Dich vom Hocker:

Was ist das Peinlichste, das Dir passiert ist und an das Du Dich erinnerst:

Was tust Du nur heimlich:

Auf was bist Du stolz:

Was kannst Du überhaupt nicht leiden:

Als was würdest Du Dich gerne verkleiden:

Erzähl mir einen Witz:

Welche Frage fehlt Dir hier und beantworte sie zeitgleich:

Name: Heutiges Datum:

Geburtstag:

Woher und wie lange kennst Du mich schon?

Was magst Du an mir?

Lieblingsmusik:

Leibgericht/e:

Lieblingsgetränk/e:

Katzen- oder Hundefreund:

Sport? Wenn ja, welche Arten:

Stadteule oder Landei:

Hast Du heute schon geschissen:

Burger King, Mac Donalds oder Subway:

Erfinde ein Wort, das es nicht gibt:

Bist Du smartphonesüchtig:

Klebe hier ein Bild von Dir rein:

Verfasse hier einen eigenen Text. Über Dich, oder irgendetwas anderes, was immer Du möchtest:

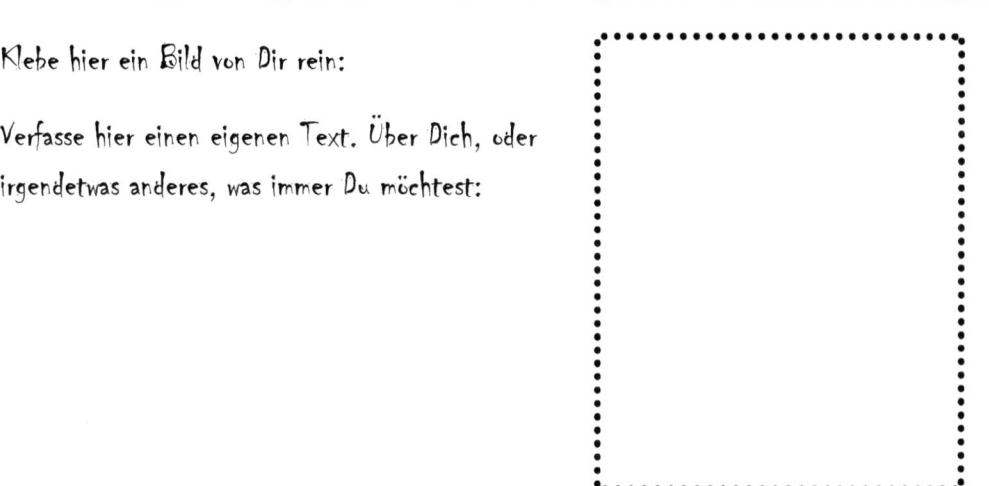

Was war das tollste Geschenk, das Du bekommen hast:

Was wolltest Du schon immer einmal tun, hast es aber noch nicht:

Wie denkst Du, würden andere Dich und Deine besonderen Fähigkeiten beschreiben:

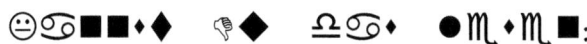

Was ist das Verrückteste, das Du bisher gemacht hast:

Wünschst Du Dir was, wenn Du eine Sternschnuppe siehst:

Glaubst Du an Aliens, sowie Übernatürliches:

Was könnten wir mal wieder gemeinsam unternehmen:

Bitte male auf der nächsten Seite ein Bild für mich. Dir steht frei, was und wie.

Dein gemaltes Bild für mich (lege ein Blatt unter, falls Du Filzstifte nimmst):

Welche Macke/n hast Du:

Was ist Dein Lebensziel / Lebenswunsch:

Welchen Beruf übst Du aus, bist Du mit diesem zufrieden und wenn nein, was würdest Du lieber machen wenn Du freie Wahl hättest:

Wo warst Du schon überall in Urlaub und wo möchtest Du noch hin:

Was haut Dich vom Hocker:

Was ist das Peinlichste, das Dir passiert ist und an das Du Dich erinnerst:

Was tust Du nur heimlich:

Auf was bist Du stolz:

Was kannst Du überhaupt nicht leiden:

Als was würdest Du Dich gerne verkleiden:

Erzähl mir einen Witz:

Welche Frage fehlt Dir hier und beantworte sie zeitgleich:

Name: Heutiges Datum:

Geburtstag:

Woher und wie lange kennst Du mich schon?

Was magst Du an mir?

Lieblingsmusik:

Leibgericht/e:

Lieblingsgetränk/e:

Katzen- oder Hundefreund:

Sport? Wenn ja, welche Arten:

Stadteule oder Landei:

Hast Du heute schon geschissen:

Burger King, Mac Donalds oder Subway:

Erfinde ein Wort, das es nicht gibt:

Bist Du smartphonesüchtig:

Klebe hier ein Bild von Dir rein:

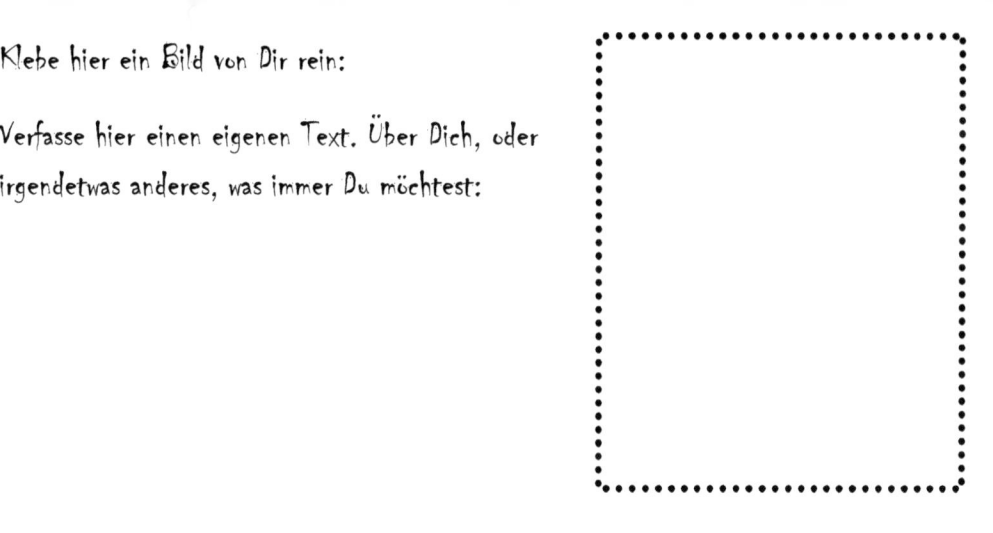

Verfasse hier einen eigenen Text. Über Dich, oder irgendetwas anderes, was immer Du möchtest:

Was war das tollste Geschenk, das Du bekommen hast:

Was wolltest Du schon immer einmal tun, hast es aber noch nicht:

Wie denkst Du, würden andere Dich und Deine besonderen Fähigkeiten beschreiben:

☹♋■■•♦ 👎♦ ♎♋• ●︎♏•♏■:

Was ist das Verrückteste, das Du bisher gemacht hast:

Wünschst Du Dir was, wenn Du eine Sternschnuppe siehst:

Glaubst Du an Aliens, sowie Übernatürliches:

Was könnten wir mal wieder gemeinsam unternehmen:

Bitte male auf der nächsten Seite ein Bild für mich. Dir steht frei, was und wie.

Dein gemaltes Bild für mich (lege ein Blatt unter, falls Du Filzstifte nimmst):

Welche Macke/n hast Du:

Was ist Dein Lebensziel / Lebenswunsch:

Welchen Beruf übst Du aus, bist Du mit diesem zufrieden und wenn nein, was würdest Du lieber machen wenn Du freie Wahl hättest:

Wo warst Du schon überall in Urlaub und wo möchtest Du noch hin:

Was haut Dich vom Hocker:

Was ist das Peinlichste, das Dir passiert ist und an das Du Dich erinnerst:

Was tust Du nur heimlich:

Auf was bist Du stolz:

Was kannst Du überhaupt nicht leiden:

Als was würdest Du Dich gerne verkleiden:

Erzähl mir einen Witz:

Welche Frage fehlt Dir hier und beantworte sie zeitgleich:

Name: Heutiges Datum:

Geburtstag:

Woher und wie lange kennst Du mich schon?

Was magst Du an mir?

Lieblingsmusik:

Leibgericht/e:

Lieblingsgetränk/e:

Katzen- oder Hundefreund:

Sport? Wenn ja, welche Arten:

Stadteule oder Landei:

Hast Du heute schon geschissen:

Burger King, Mac Donalds oder Subway:

Erfinde ein Wort, das es nicht gibt:

Bist Du smartphonesüchtig:

Klebe hier ein Bild von Dir rein:

Verfasse hier einen eigenen Text. Über Dich, oder irgendetwas anderes, was immer Du möchtest:

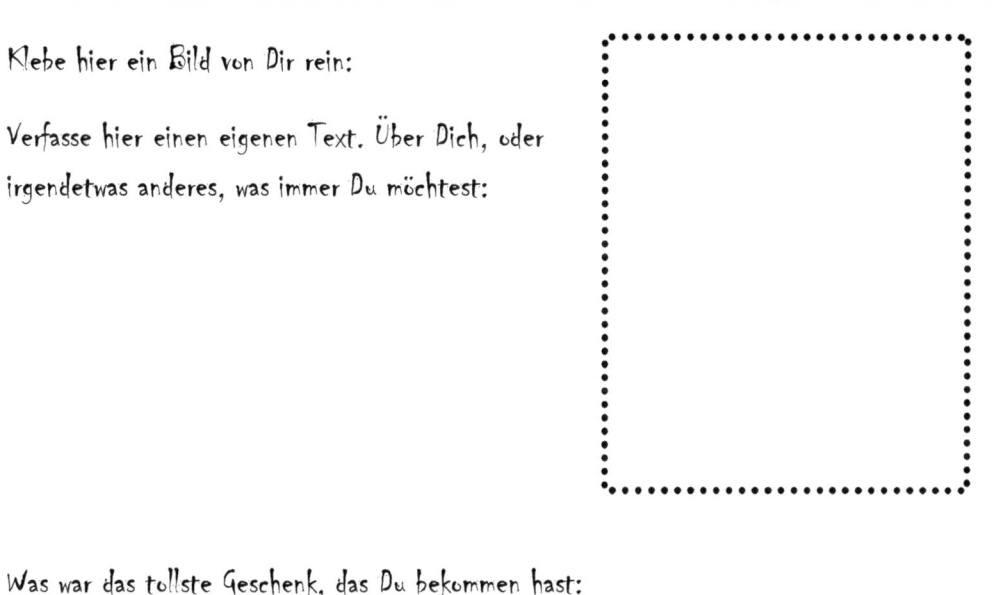

Was war das tollste Geschenk, das Du bekommen hast:

Was wolltest Du schon immer einmal tun, hast es aber noch nicht:

Wie denkst Du, würden andere Dich und Deine besonderen Fähigkeiten beschreiben:

☺︎♋︎■︎■︎•︎♦︎   👎︎♦︎   ♎︎♋︎•︎   ●︎︎♏︎•︎♏︎■︎:

Was ist das Verrückteste, das Du bisher gemacht hast:

Wünschst Du Dir was, wenn Du eine Sternschnuppe siehst:

Glaubst Du an Aliens, sowie Übernatürliches:

Was könnten wir mal wieder gemeinsam unternehmen:

Bitte male auf der nächsten Seite ein Bild für mich. Dir steht frei, was und wie.

Dein gemaltes Bild für mich (lege ein Blatt unter, falls Du Filzstifte nimmst):

Welche Macke/n hast Du:

Was ist Dein Lebensziel / Lebenswunsch:

Welchen Beruf übst Du aus, bist Du mit diesem zufrieden und wenn nein, was würdest Du lieber machen wenn Du freie Wahl hättest:

Wo warst Du schon überall in Urlaub und wo möchtest Du noch hin:

Was haut Dich vom Hocker:

Was ist das Peinlichste, das Dir passiert ist und an das Du Dich erinnerst:

Was tust Du nur heimlich:

Auf was bist Du stolz:

Was kannst Du überhaupt nicht leiden:

Als was würdest Du Dich gerne verkleiden:

Erzähl mir einen Witz:

Welche Frage fehlt Dir hier und beantworte sie zeitgleich:

Name: Heutiges Datum:

Geburtstag:

Woher und wie lange kennst Du mich schon?

Was magst Du an mir?

Lieblingsmusik:

Leibgericht/e:

Lieblingsgetränk/e:

Katzen- oder Hundefreund:

Sport? Wenn ja, welche Arten:

Stadteule oder Landei:

Hast Du heute schon geschissen:

Burger King, Mac Donalds oder Subway:

Erfinde ein Wort, das es nicht gibt:

Bist Du smartphonesüchtig:

Klebe hier ein Bild von Dir rein:

Verfasse hier einen eigenen Text. Über Dich, oder irgendetwas anderes, was immer Du möchtest:

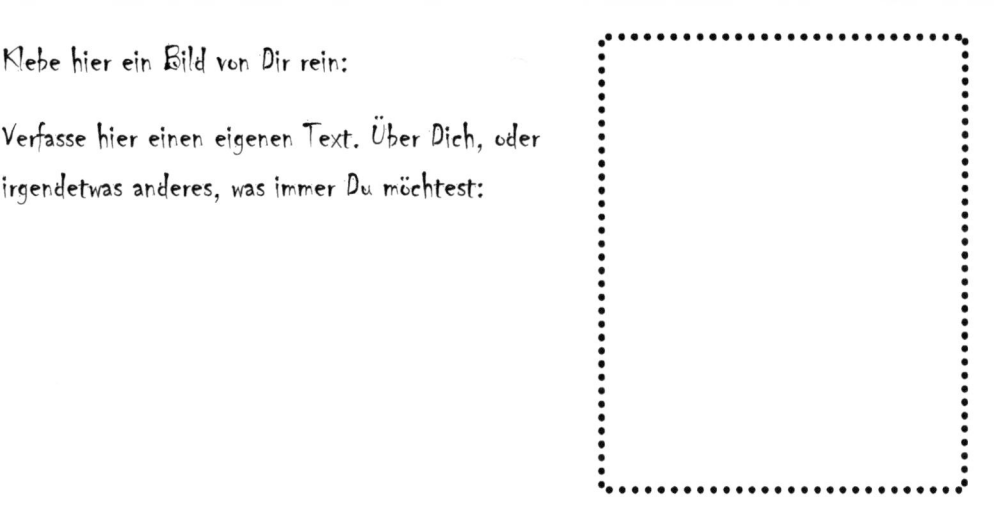

Was war das tollste Geschenk, das Du bekommen hast:

Was wolltest Du schon immer einmal tun, hast es aber noch nicht:

Wie denkst Du, würden andere Dich und Deine besonderen Fähigkeiten beschreiben:

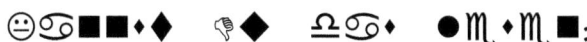

Was ist das Verrückteste, das Du bisher gemacht hast:

Wünschst Du Dir was, wenn Du eine Sternschnuppe siehst:

Glaubst Du an Aliens, sowie Übernatürliches:

Was könnten wir mal wieder gemeinsam unternehmen:

Bitte male auf der nächsten Seite ein Bild für mich. Dir steht frei, was und wie.

Dein gemaltes Bild für mich (lege ein Blatt unter, falls Du Filzstifte nimmst):

Welche Macke/n hast Du:

Was ist Dein Lebensziel / Lebenswunsch:

Welchen Beruf übst Du aus, bist Du mit diesem zufrieden und wenn nein, was würdest Du lieber machen wenn Du freie Wahl hättest:

Wo warst Du schon überall in Urlaub und wo möchtest Du noch hin:

Was haut Dich vom Hocker:

Was ist das Peinlichste, das Dir passiert ist und an das Du Dich erinnerst:

Was tust Du nur heimlich:

Auf was bist Du stolz:

Was kannst Du überhaupt nicht leiden:

Als was würdest Du Dich gerne verkleiden:

Erzähl mir einen Witz:

Welche Frage fehlt Dir hier und beantworte sie zeitgleich:

Name: Heutiges Datum:

Geburtstag:

Woher und wie lange kennst Du mich schon?

Was magst Du an mir?

Lieblingsmusik:

Leibgericht/e:

Lieblingsgetränk/e:

Katzen- oder Hundefreund:

Sport? Wenn ja, welche Arten:

Stadteule oder Landei:

Hast Du heute schon geschissen:

Burger King, Mac Donalds oder Subway:

Erfinde ein Wort, das es nicht gibt:

Bist Du smartphonesüchtig:

Klebe hier ein Bild von Dir rein:

Verfasse hier einen eigenen Text. Über Dich, oder irgendetwas anderes, was immer Du möchtest:

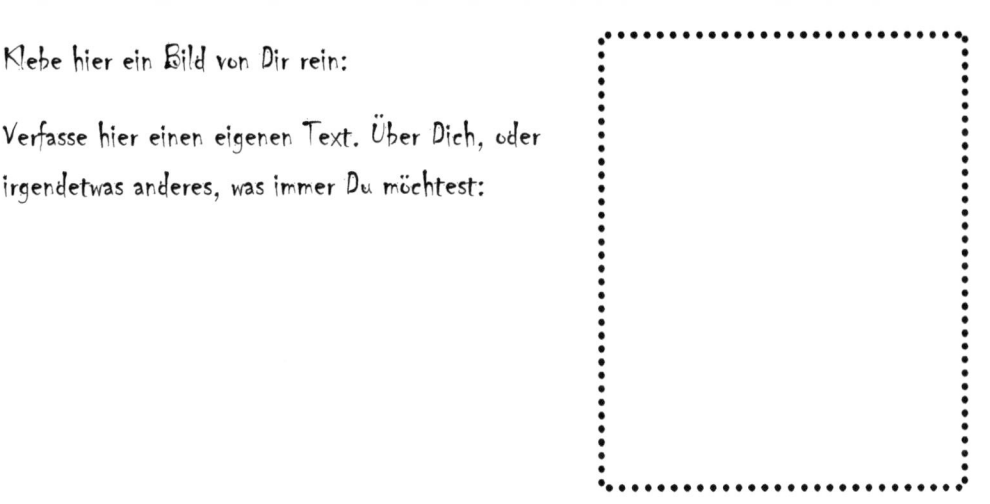

Was war das tollste Geschenk, das Du bekommen hast:

Was wolltest Du schon immer einmal tun, hast es aber noch nicht:

Wie denkst Du, würden andere Dich und Deine besonderen Fähigkeiten beschreiben:

☺︎♋︎■︎■︎•︎♦︎ 👎︎♦︎ ♎︎♋︎•︎ ●︎︎♏︎•︎♏︎■︎:

Was ist das Verrückteste, das Du bisher gemacht hast:

Wünschst Du Dir was, wenn Du eine Sternschnuppe siehst:

Glaubst Du an Aliens, sowie Übernatürliches:

Was könnten wir mal wieder gemeinsam unternehmen:

Bitte male auf der nächsten Seite ein Bild für mich. Dir steht frei, was und wie.

Dein gemaltes Bild für mich (lege ein Blatt unter, falls Du Filzstifte nimmst):

Welche Macke/n hast Du:

Was ist Dein Lebensziel / Lebenswunsch:

Welchen Beruf übst Du aus, bist Du mit diesem zufrieden und wenn nein, was würdest Du lieber machen wenn Du freie Wahl hättest:

Wo warst Du schon überall in Urlaub und wo möchtest Du noch hin:

Was haut Dich vom Hocker:

Was ist das Peinlichste, das Dir passiert ist und an das Du Dich erinnerst:

Was tust Du nur heimlich:

Auf was bist Du stolz:

Was kannst Du überhaupt nicht leiden:

Als was würdest Du Dich gerne verkleiden:

Erzähl mir einen Witz:

Welche Frage fehlt Dir hier und beantworte sie zeitgleich:

Name: Heutiges Datum:

Geburtstag:

Woher und wie lange kennst Du mich schon?

Was magst Du an mir?

Lieblingsmusik:

Leibgericht/e:

Lieblingsgetränk/e:

Katzen- oder Hundefreund:

Sport? Wenn ja, welche Arten:

Stadteule oder Landei:

Hast Du heute schon geschissen:

Burger King, Mac Donalds oder Subway:

Erfinde ein Wort, das es nicht gibt:

Bist Du smartphonesüchtig:

Klebe hier ein Bild von Dir rein:

Verfasse hier einen eigenen Text. Über Dich, oder irgendetwas anderes, was immer Du möchtest:

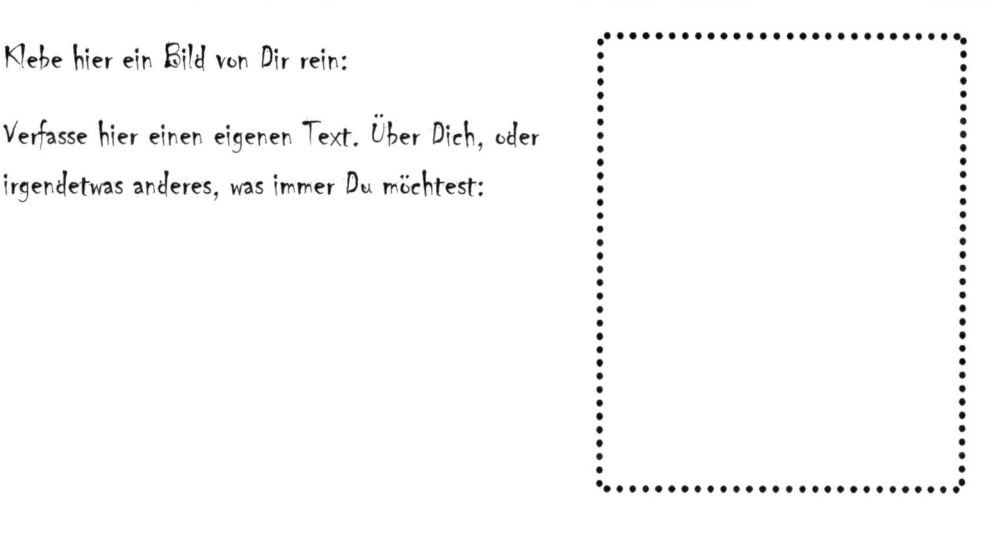

Was war das tollste Geschenk, das Du bekommen hast:

Was wolltest Du schon immer einmal tun, hast es aber noch nicht:

Wie denkst Du, würden andere Dich und Deine besonderen Fähigkeiten beschreiben:

☺♋■■•♦   ☜♦   ♎♋•   ●♏•♏■:

Was ist das Verrückteste, das Du bisher gemacht hast:

Wünschst Du Dir was, wenn Du eine Sternschnuppe siehst:

Glaubst Du an Aliens, sowie Übernatürliches:

Was könnten wir mal wieder gemeinsam unternehmen:

Bitte male auf der nächsten Seite ein Bild für mich. Dir steht frei, was und wie.

Dein gemaltes Bild für mich (lege ein Blatt unter, falls Du Filzstifte nimmst):

Welche Macke/n hast Du:

Was ist Dein Lebensziel / Lebenswunsch:

Welchen Beruf übst Du aus, bist Du mit diesem zufrieden und wenn nein, was würdest Du lieber machen wenn Du freie Wahl hättest:

Wo warst Du schon überall in Urlaub und wo möchtest Du noch hin:

Was haut Dich vom Hocker:

Was ist das Peinlichste, das Dir passiert ist und an das Du Dich erinnerst:

Was tust Du nur heimlich:

Auf was bist Du stolz:

Was kannst Du überhaupt nicht leiden:

Als was würdest Du Dich gerne verkleiden:

Erzähl mir einen Witz:

Welche Frage fehlt Dir hier und beantworte sie zeitgleich:

Name: Heutiges Datum:

Geburtstag:

Woher und wie lange kennst Du mich schon?

Was magst Du an mir?

Lieblingsmusik:

Leibgericht/e:

Lieblingsgetränk/e:

Katzen- oder Hundefreund:

Sport? Wenn ja, welche Arten:

Stadteule oder Landei:

Hast Du heute schon geschissen:

Burger King, Mac Donalds oder Subway:

Erfinde ein Wort, das es nicht gibt:

Bist Du smartphonesüchtig:

Klebe hier ein Bild von Dir rein:

Verfasse hier einen eigenen Text. Über Dich, oder irgendetwas anderes, was immer Du möchtest:

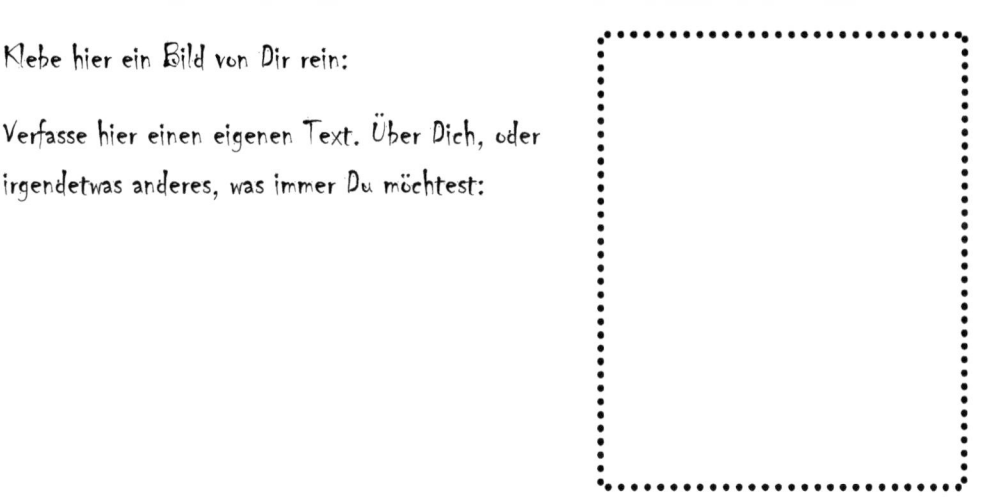

Was war das tollste Geschenk, das Du bekommen hast:

Was wolltest Du schon immer einmal tun, hast es aber noch nicht:

Wie denkst Du, würden andere Dich und Deine besonderen Fähigkeiten beschreiben:

☺♋■■•♦ ☜♦ ♌♋• ●♍•♍■:

Was ist das Verrückteste, das Du bisher gemacht hast:

Wünschst Du Dir was, wenn Du eine Sternschnuppe siehst:

Glaubst Du an Aliens, sowie Übernatürliches:

Was könnten wir mal wieder gemeinsam unternehmen:

Bitte male auf der nächsten Seite ein Bild für mich. Dir steht frei, was und wie.

Dein gemaltes Bild für mich (lege ein Blatt unter, falls Du Filzstifte nimmst):

Welche Macke/n hast Du:

Was ist Dein Lebensziel / Lebenswunsch:

Welchen Beruf übst Du aus, bist Du mit diesem zufrieden und wenn nein, was würdest Du lieber machen wenn Du freie Wahl hättest:

Wo warst Du schon überall in Urlaub und wo möchtest Du noch hin:

Was haut Dich vom Hocker:

Was ist das Peinlichste, das Dir passiert ist und an das Du Dich erinnerst:

Was tust Du nur heimlich:

Auf was bist Du stolz:

Was kannst Du überhaupt nicht leiden:

Als was würdest Du Dich gerne verkleiden:

Erzähl mir einen Witz:

Welche Frage fehlt Dir hier und beantworte sie zeitgleich:

Name: Heutiges Datum:

Geburtstag:

Woher und wie lange kennst Du mich schon?

Was magst Du an mir?

Lieblingsmusik:

Leibgericht/e:

Lieblingsgetränk/e:

Katzen- oder Hundefreund:

Sport? Wenn ja, welche Arten:

Stadteule oder Landei:

Hast Du heute schon geschissen:

Burger King, Mac Donalds oder Subway:

Erfinde ein Wort, das es nicht gibt:

Bist Du smartphonesüchtig:

Klebe hier ein Bild von Dir rein:

Verfasse hier einen eigenen Text. Über Dich, oder irgendetwas anderes, was immer Du möchtest:

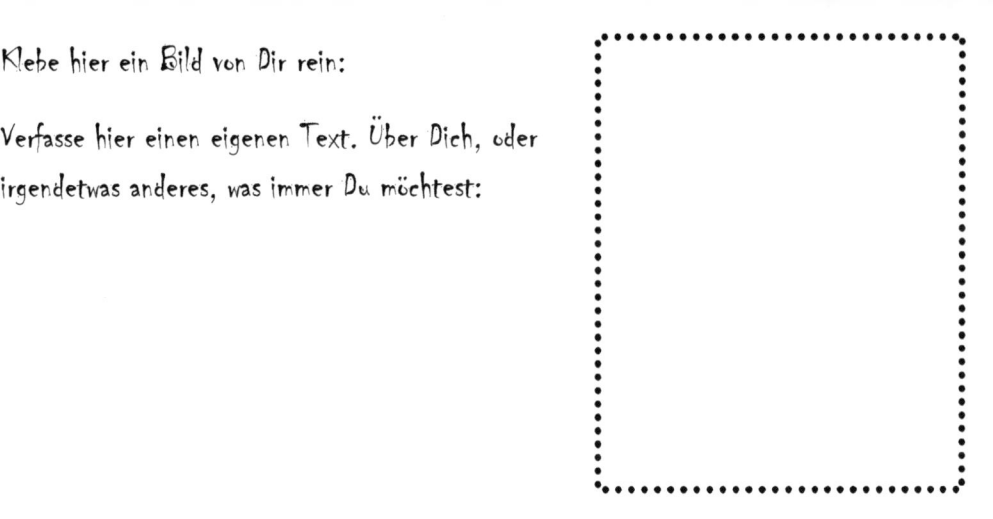

Was war das tollste Geschenk, das Du bekommen hast:

Was wolltest Du schon immer einmal tun, hast es aber noch nicht:

Wie denkst Du, würden andere Dich und Deine besonderen Fähigkeiten beschreiben:

☺☺■■•◆ ☜◆ ♎☺• ●♏•♏■:

Was ist das Verrückteste, das Du bisher gemacht hast:

Wünschst Du Dir was, wenn Du eine Sternschnuppe siehst:

Glaubst Du an Aliens, sowie Übernatürliches:

Was könnten wir mal wieder gemeinsam unternehmen:

Bitte male auf der nächsten Seite ein Bild für mich. Dir steht frei, was und wie.

Dein gemaltes Bild für mich (lege ein Blatt unter, falls Du Filzstifte nimmst):

Welche Macke/n hast Du:

Was ist Dein Lebensziel / Lebenswunsch:

Welchen Beruf übst Du aus, bist Du mit diesem zufrieden und wenn nein, was würdest Du lieber machen wenn Du freie Wahl hättest:

Wo warst Du schon überall in Urlaub und wo möchtest Du noch hin:

Was haut Dich vom Hocker:

Was ist das Peinlichste, das Dir passiert ist und an das Du Dich erinnerst:

Was tust Du nur heimlich:

Auf was bist Du stolz:

Was kannst Du überhaupt nicht leiden:

Als was würdest Du Dich gerne verkleiden:

Erzähl mir einen Witz:

Welche Frage fehlt Dir hier und beantworte sie zeitgleich:

Name: Heutiges Datum:

Geburtstag:

Woher und wie lange kennst Du mich schon?

Was magst Du an mir?

Lieblingsmusik:

Leibgericht/e:

Lieblingsgetränk/e:

Katzen- oder Hundefreund:

Sport? Wenn ja, welche Arten:

Stadteule oder Landei:

Hast Du heute schon geschissen:

Burger King, Mac Donalds oder Subway:

Erfinde ein Wort, das es nicht gibt:

Bist Du smartphonesüchtig:

Klebe hier ein Bild von Dir rein:

Verfasse hier einen eigenen Text. Über Dich, oder irgendetwas anderes, was immer Du möchtest:

Was war das tollste Geschenk, das Du bekommen hast:

Was wolltest Du schon immer einmal tun, hast es aber noch nicht:

Wie denkst Du, würden andere Dich und Deine besonderen Fähigkeiten beschreiben:

☺♋■■•♦   👎♦   ♎♋•   ●♏•♏■:

Was ist das Verrückteste, das Du bisher gemacht hast:

Wünschst Du Dir was, wenn Du eine Sternschnuppe siehst:

Glaubst Du an Aliens, sowie Übernatürliches:

Was könnten wir mal wieder gemeinsam unternehmen:

Bitte male auf der nächsten Seite ein Bild für mich. Dir steht frei, was und wie.

Dein gemaltes Bild für mich (lege ein Blatt unter, falls Du Filzstifte nimmst):

Welche Macke/n hast Du:

Was ist Dein Lebensziel / Lebenswunsch:

Welchen Beruf übst Du aus, bist Du mit diesem zufrieden und wenn nein, was würdest Du lieber machen wenn Du freie Wahl hättest:

Wo warst Du schon überall in Urlaub und wo möchtest Du noch hin:

Was haut Dich vom Hocker:

Was ist das Peinlichste, das Dir passiert ist und an das Du Dich erinnerst:

Was tust Du nur heimlich:

Auf was bist Du stolz:

Was kannst Du überhaupt nicht leiden:

Als was würdest Du Dich gerne verkleiden:

Erzähl mir einen Witz:

Welche Frage fehlt Dir hier und beantworte sie zeitgleich:

Name: Heutiges Datum:

Geburtstag:

Woher und wie lange kennst Du mich schon?

Was magst Du an mir?

Lieblingsmusik:

Leibgericht/e:

Lieblingsgetränk/e:

Katzen- oder Hundefreund:

Sport? Wenn ja, welche Arten:

Stadteule oder Landei:

Hast Du heute schon geschissen:

Burger King, Mac Donalds oder Subway:

Erfinde ein Wort, das es nicht gibt:

Bist Du smartphonesüchtig:

Klebe hier ein Bild von Dir rein:

Verfasse hier einen eigenen Text. Über Dich, oder
irgendetwas anderes, was immer Du möchtest:

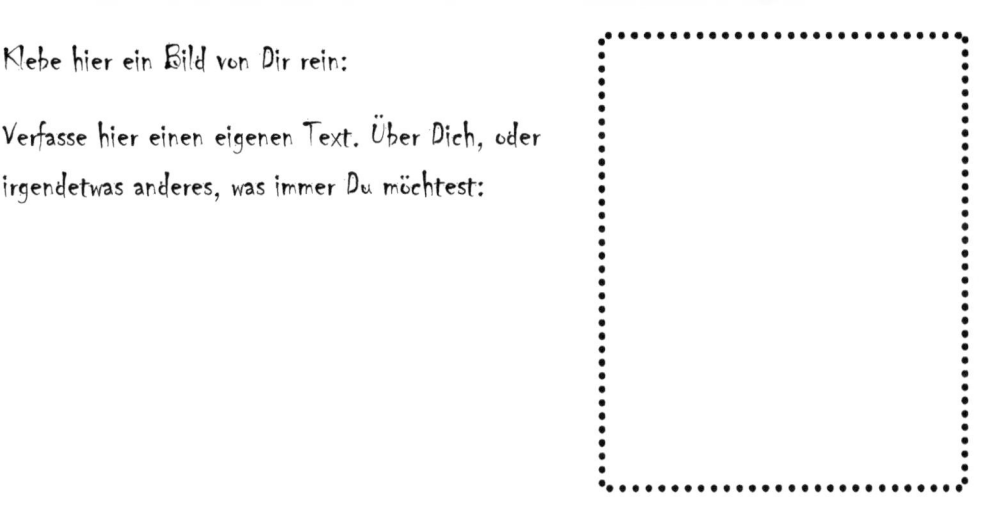

Was war das tollste Geschenk, das Du bekommen hast:

Was wolltest Du schon immer einmal tun, hast es aber noch nicht:

Wie denkst Du, würden andere Dich und Deine besonderen Fähigkeiten beschreiben:

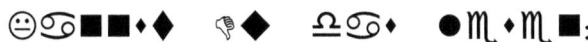

Was ist das Verrückteste, das Du bisher gemacht hast:

Wünschst Du Dir was, wenn Du eine Sternschnuppe siehst:

Glaubst Du an Aliens, sowie Übernatürliches:

Was könnten wir mal wieder gemeinsam unternehmen:

Bitte male auf der nächsten Seite ein Bild für mich. Dir steht frei, was und wie.

Dein gemaltes Bild für mich (lege ein Blatt unter, falls Du Filzstifte nimmst):

Welche Macke/n hast Du:

Was ist Dein Lebensziel / Lebenswunsch:

Welchen Beruf übst Du aus, bist Du mit diesem zufrieden und wenn nein, was würdest Du lieber machen wenn Du freie Wahl hättest:

Wo warst Du schon überall in Urlaub und wo möchtest Du noch hin:

Was haut Dich vom Hocker:

Was ist das Peinlichste, das Dir passiert ist und an das Du Dich erinnerst:

Was tust Du nur heimlich:

Auf was bist Du stolz:

Was kannst Du überhaupt nicht leiden:

Als was würdest Du Dich gerne verkleiden:

Erzähl mir einen Witz:

Welche Frage fehlt Dir hier und beantworte sie zeitgleich:

Name: Heutiges Datum:

Geburtstag:

Woher und wie lange kennst Du mich schon?

Was magst Du an mir?

Lieblingsmusik:

Leibgericht/e:

Lieblingsgetränk/e:

Katzen- oder Hundefreund:

Sport? Wenn ja, welche Arten:

Stadteule oder Landei:

Hast Du heute schon geschissen:

Burger King, Mac Donalds oder Subway:

Erfinde ein Wort, das es nicht gibt:

Bist Du smartphonesüchtig:

Klebe hier ein Bild von Dir rein:

Verfasse hier einen eigenen Text. Über Dich, oder irgendetwas anderes, was immer Du möchtest:

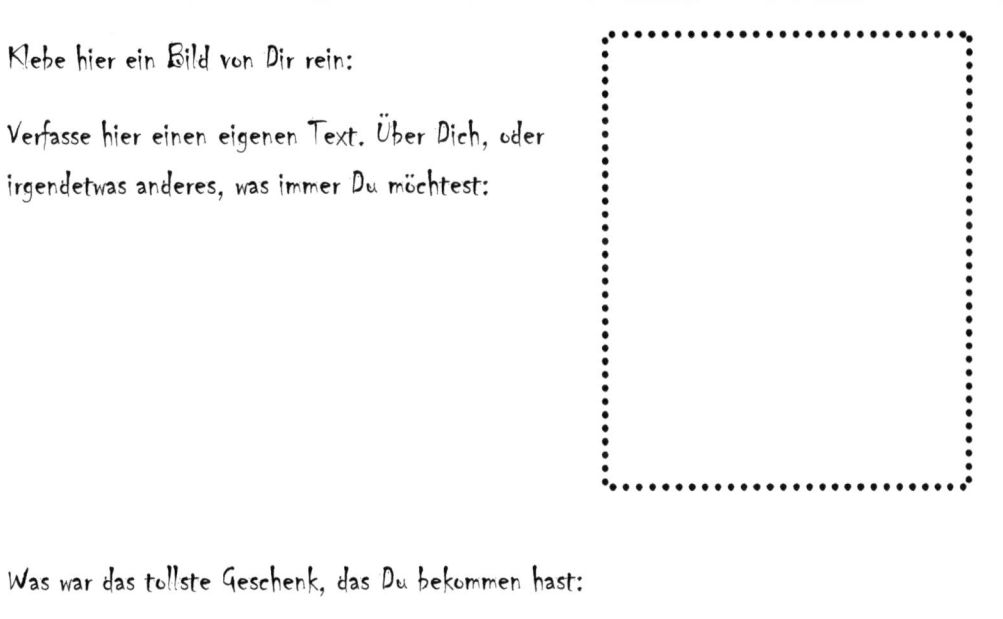

Was war das tollste Geschenk, das Du bekommen hast:

Was wolltest Du schon immer einmal tun, hast es aber noch nicht:

Wie denkst Du, würden andere Dich und Deine besonderen Fähigkeiten beschreiben:

☺♋■■•♦ ☜♦ ♎♋• ●m•m■:

Was ist das Verrückteste, das Du bisher gemacht hast:

Wünschst Du Dir was, wenn Du eine Sternschnuppe siehst:

Glaubst Du an Aliens, sowie Übernatürliches:

Was könnten wir mal wieder gemeinsam unternehmen:

Bitte male auf der nächsten Seite ein Bild für mich. Dir steht frei, was und wie.

Dein gemaltes Bild für mich (lege ein Blatt unter, falls Du Filzstifte nimmst):

Welche Macke/n hast Du:

Was ist Dein Lebensziel / Lebenswunsch:

Welchen Beruf übst Du aus, bist Du mit diesem zufrieden und wenn nein, was würdest Du lieber machen wenn Du freie Wahl hättest:

Wo warst Du schon überall in Urlaub und wo möchtest Du noch hin:

Was haut Dich vom Hocker:

Was ist das Peinlichste, das Dir passiert ist und an das Du Dich erinnerst:

Was tust Du nur heimlich:

Auf was bist Du stolz:

Was kannst Du überhaupt nicht leiden:

Als was würdest Du Dich gerne verkleiden:

Erzähl mir einen Witz:

Welche Frage fehlt Dir hier und beantworte sie zeitgleich:

Name: Heutiges Datum:

Geburtstag:

Woher und wie lange kennst Du mich schon?

Was magst Du an mir?

Lieblingsmusik:

Leibgericht/e:

Lieblingsgetränk/e:

Katzen- oder Hundefreund:

Sport? Wenn ja, welche Arten:

Stadteule oder Landei:

Hast Du heute schon geschissen:

Burger King, Mac Donalds oder Subway:

Erfinde ein Wort, das es nicht gibt:

Bist Du smartphonesüchtig:

Klebe hier ein Bild von Dir rein:

Verfasse hier einen eigenen Text. Über Dich, oder irgendetwas anderes, was immer Du möchtest:

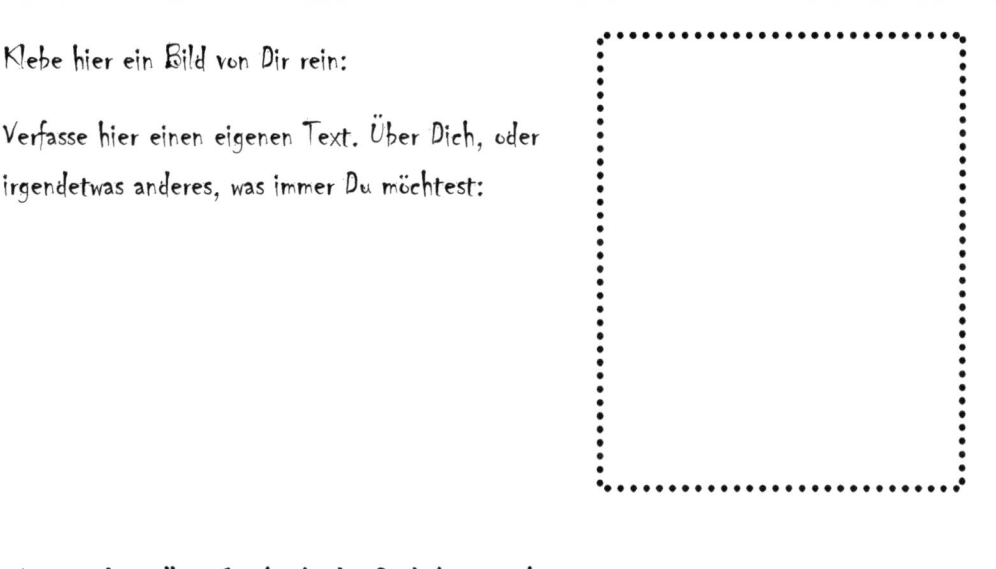

Was war das tollste Geschenk, das Du bekommen hast:

Was wolltest Du schon immer einmal tun, hast es aber noch nicht:

Wie denkst Du, würden andere Dich und Deine besonderen Fähigkeiten beschreiben:

☺♋■■•♦ ☜♦ ♎♋• ●♏•♏■:

Was ist das Verrückteste, das Du bisher gemacht hast:

Wünschst Du Dir was, wenn Du eine Sternschnuppe siehst:

Glaubst Du an Aliens, sowie Übernatürliches:

Was könnten wir mal wieder gemeinsam unternehmen:

Bitte male auf der nächsten Seite ein Bild für mich. Dir steht frei, was und wie.

Dein gemaltes Bild für mich (lege ein Blatt unter, falls Du Filzstifte nimmst):

Welche Macke/n hast Du:

Was ist Dein Lebensziel / Lebenswunsch:

Welchen Beruf übst Du aus, bist Du mit diesem zufrieden und wenn nein, was würdest Du lieber machen wenn Du freie Wahl hättest:

Wo warst Du schon überall in Urlaub und wo möchtest Du noch hin:

Was haut Dich vom Hocker:

Was ist das Peinlichste, das Dir passiert ist und an das Du Dich erinnerst:

Was tust Du nur heimlich:

Auf was bist Du stolz:

Was kannst Du überhaupt nicht leiden:

Als was würdest Du Dich gerne verkleiden:

Erzähl mir einen Witz:

Welche Frage fehlt Dir hier und beantworte sie zeitgleich:

Name: Heutiges Datum:

Geburtstag:

Woher und wie lange kennst Du mich schon?

Was magst Du an mir?

Lieblingsmusik:

Leibgericht/e:

Lieblingsgetränk/e:

Katzen- oder Hundefreund:

Sport? Wenn ja, welche Arten:

Stadteule oder Landei:

Hast Du heute schon geschissen:

Burger King, Mac Donalds oder Subway:

Erfinde ein Wort, das es nicht gibt:

Bist Du smartphonesüchtig:

Klebe hier ein Bild von Dir rein:

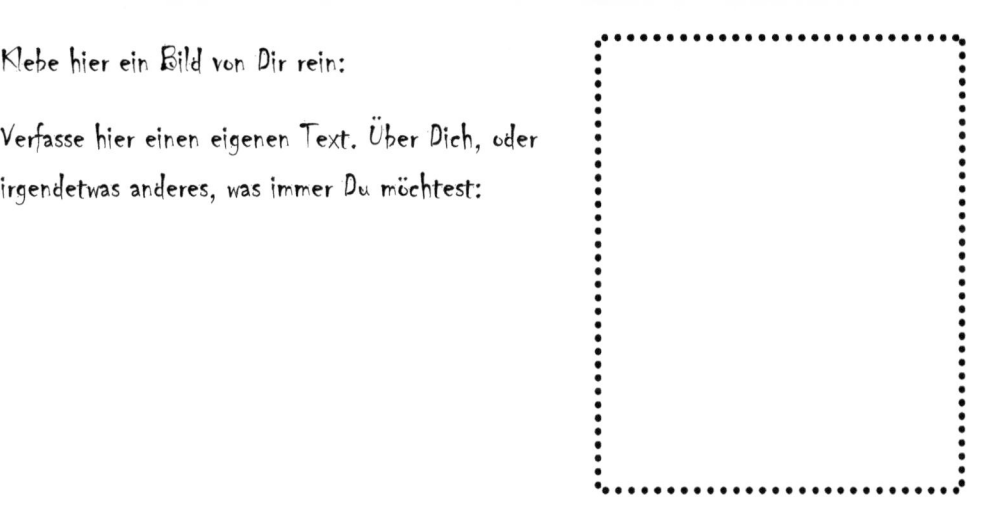

Verfasse hier einen eigenen Text. Über Dich, oder irgendetwas anderes, was immer Du möchtest:

Was war das tollste Geschenk, das Du bekommen hast:

Was wolltest Du schon immer einmal tun, hast es aber noch nicht:

Wie denkst Du, würden andere Dich und Deine besonderen Fähigkeiten beschreiben:

Was ist das Verrückteste, das Du bisher gemacht hast:

Wünschst Du Dir was, wenn Du eine Sternschnuppe siehst:

Glaubst Du an Aliens, sowie Übernatürliches:

Was könnten wir mal wieder gemeinsam unternehmen:

Bitte male auf der nächsten Seite ein Bild für mich. Dir steht frei, was und wie.

Dein gemaltes Bild für mich (lege ein Blatt unter, falls Du Filzstifte nimmst):

Welche Macke/n hast Du:

Was ist Dein Lebensziel / Lebenswunsch:

Welchen Beruf übst Du aus, bist Du mit diesem zufrieden und wenn nein, was würdest Du lieber machen wenn Du freie Wahl hättest:

Wo warst Du schon überall in Urlaub und wo möchtest Du noch hin:

Was haut Dich vom Hocker:

Was ist das Peinlichste, das Dir passiert ist und an das Du Dich erinnerst:

Was tust Du nur heimlich:

Auf was bist Du stolz:

Was kannst Du überhaupt nicht leiden:

Als was würdest Du Dich gerne verkleiden:

Erzähl mir einen Witz:

Welche Frage fehlt Dir hier und beantworte sie zeitgleich:

Name: Heutiges Datum:

Geburtstag:

Woher und wie lange kennst Du mich schon?

Was magst Du an mir?

Lieblingsmusik:

Leibgericht/e:

Lieblingsgetränk/e:

Katzen- oder Hundefreund:

Sport? Wenn ja, welche Arten:

Stadteule oder Landei:

Hast Du heute schon geschissen:

Burger King, Mac Donalds oder Subway:

Erfinde ein Wort, das es nicht gibt:

Bist Du smartphonesüchtig:

Klebe hier ein Bild von Dir rein:

Verfasse hier einen eigenen Text. Über Dich, oder irgendetwas anderes, was immer Du möchtest:

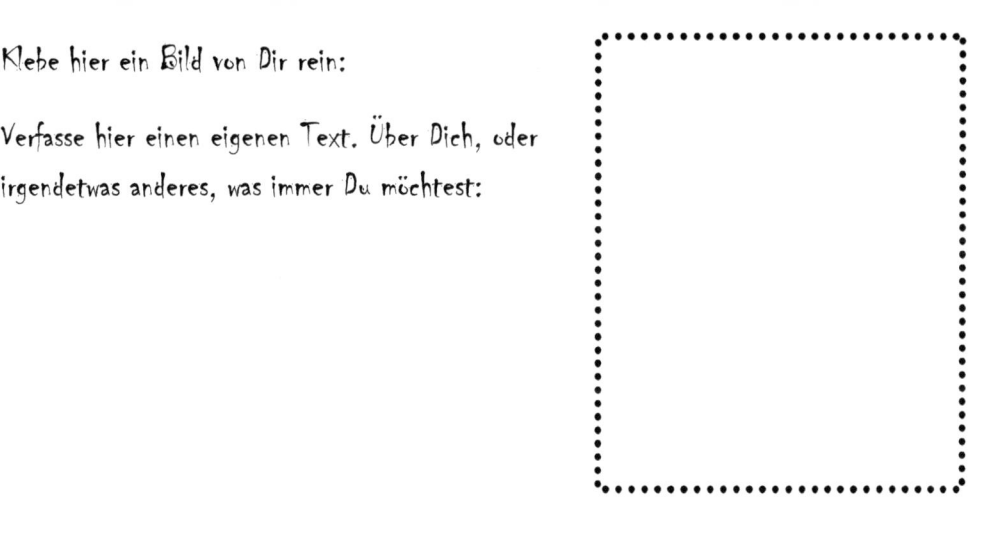

Was war das tollste Geschenk, das Du bekommen hast:

Was wolltest Du schon immer einmal tun, hast es aber noch nicht:

Wie denkst Du, würden andere Dich und Deine besonderen Fähigkeiten beschreiben:

☺︎♋︎■︎■︎•︎♦︎   ☝︎♦︎   ♎︎♋︎•︎   ●︎♍︎•︎♍︎■︎:

Was ist das Verrückteste, das Du bisher gemacht hast:

Wünschst Du Dir was, wenn Du eine Sternschnuppe siehst:

Glaubst Du an Aliens, sowie Übernatürliches:

Was könnten wir mal wieder gemeinsam unternehmen:

Bitte male auf der nächsten Seite ein Bild für mich. Dir steht frei, was und wie.

Dein gemaltes Bild für mich (lege ein Blatt unter, falls Du Filzstifte nimmst):

Welche Macke/n hast Du:

Was ist Dein Lebensziel / Lebenswunsch:

Welchen Beruf übst Du aus, bist Du mit diesem zufrieden und wenn nein, was würdest Du lieber machen wenn Du freie Wahl hättest:

Wo warst Du schon überall in Urlaub und wo möchtest Du noch hin:

Was haut Dich vom Hocker:

Was ist das Peinlichste, das Dir passiert ist und an das Du Dich erinnerst:

Was tust Du nur heimlich:

Auf was bist Du stolz:

Was kannst Du überhaupt nicht leiden:

Als was würdest Du Dich gerne verkleiden:

Erzähl mir einen Witz:

Welche Frage fehlt Dir hier und beantworte sie zeitgleich:

Name: Heutiges Datum:

Geburtstag:

Woher und wie lange kennst Du mich schon?

Was magst Du an mir?

Lieblingsmusik:

Leibgericht/e:

Lieblingsgetränk/e:

Katzen- oder Hundefreund:

Sport? Wenn ja, welche Arten:

Stadteule oder Landei:

Hast Du heute schon geschissen:

Burger King, Mac Donalds oder Subway:

Erfinde ein Wort, das es nicht gibt:

Bist Du smartphonesüchtig:

Klebe hier ein Bild von Dir rein:

Verfasse hier einen eigenen Text. Über Dich, oder irgendetwas anderes, was immer Du möchtest:

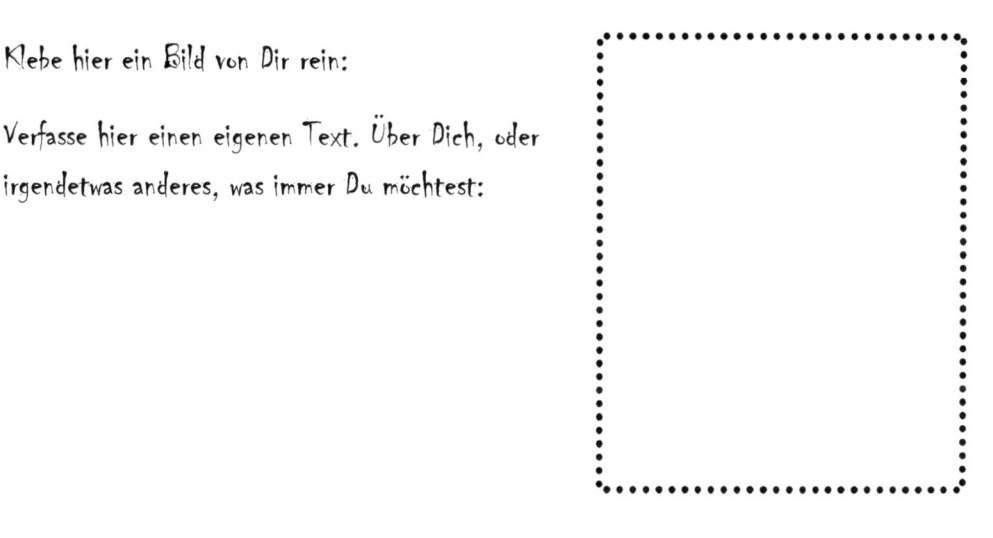

Was war das tollste Geschenk, das Du bekommen hast:

Was wolltest Du schon immer einmal tun, hast es aber noch nicht:

Wie denkst Du, würden andere Dich und Deine besonderen Fähigkeiten beschreiben:

☺♋■■•♦ ☜♦ ♎♋• ●♍•♍■:

Was ist das Verrückteste, das Du bisher gemacht hast:

Wünschst Du Dir was, wenn Du eine Sternschnuppe siehst:

Glaubst Du an Aliens, sowie Übernatürliches:

Was könnten wir mal wieder gemeinsam unternehmen:

Bitte male auf der nächsten Seite ein Bild für mich. Dir steht frei, was und wie.

Dein gemaltes Bild für mich (lege ein Blatt unter, falls Du Filzstifte nimmst):

Welche Macke/n hast Du:

Was ist Dein Lebensziel / Lebenswunsch:

Welchen Beruf übst Du aus, bist Du mit diesem zufrieden und wenn nein, was würdest Du lieber machen wenn Du freie Wahl hättest:

Wo warst Du schon überall in Urlaub und wo möchtest Du noch hin:

Was haut Dich vom Hocker:

Was ist das Peinlichste, das Dir passiert ist und an das Du Dich erinnerst:

Was tust Du nur heimlich:

Auf was bist Du stolz:

Was kannst Du überhaupt nicht leiden:

Als was würdest Du Dich gerne verkleiden:

Erzähl mir einen Witz:

Welche Frage fehlt Dir hier und beantworte sie zeitgleich:

Name: Heutiges Datum:

Geburtstag:

Woher und wie lange kennst Du mich schon?

Was magst Du an mir?

Lieblingsmusik:

Leibgericht/e:

Lieblingsgetränk/e:

Katzen- oder Hundefreund:

Sport? Wenn ja, welche Arten:

Stadteule oder Landei:

Hast Du heute schon geschissen:

Burger King, Mac Donalds oder Subway:

Erfinde ein Wort, das es nicht gibt:

Bist Du smartphonesüchtig:

Klebe hier ein Bild von Dir rein:

Verfasse hier einen eigenen Text. Über Dich, oder irgendetwas anderes, was immer Du möchtest:

Was war das tollste Geschenk, das Du bekommen hast:

Was wolltest Du schon immer einmal tun, hast es aber noch nicht:

Wie denkst Du, würden andere Dich und Deine besonderen Fähigkeiten beschreiben:

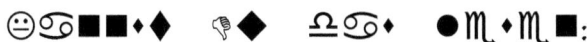

Was ist das Verrückteste, das Du bisher gemacht hast:

Wünschst Du Dir was, wenn Du eine Sternschnuppe siehst:

Glaubst Du an Aliens, sowie Übernatürliches:

Was könnten wir mal wieder gemeinsam unternehmen:

Bitte male auf der nächsten Seite ein Bild für mich. Dir steht frei, was und wie.

Dein gemaltes Bild für mich (lege ein Blatt unter, falls Du Filzstifte nimmst):

Welche Macke/n hast Du:

Was ist Dein Lebensziel / Lebenswunsch:

Welchen Beruf übst Du aus, bist Du mit diesem zufrieden und wenn nein, was würdest Du lieber machen wenn Du freie Wahl hättest:

Wo warst Du schon überall in Urlaub und wo möchtest Du noch hin:

Was haut Dich vom Hocker:

Was ist das Peinlichste, das Dir passiert ist und an das Du Dich erinnerst:

Was tust Du nur heimlich:

Auf was bist Du stolz:

Was kannst Du überhaupt nicht leiden:

Als was würdest Du Dich gerne verkleiden:

Erzähl mir einen Witz:

Welche Frage fehlt Dir hier und beantworte sie zeitgleich:

Name: Heutiges Datum:

Geburtstag:

Woher und wie lange kennst Du mich schon?

Was magst Du an mir?

Lieblingsmusik:

Leibgericht/e:

Lieblingsgetränk/e:

Katzen- oder Hundefreund:

Sport? Wenn ja, welche Arten:

Stadteule oder Landei:

Hast Du heute schon geschissen:

Burger King, Mac Donalds oder Subway:

Erfinde ein Wort, das es nicht gibt:

Bist Du smartphonesüchtig:

Klebe hier ein Bild von Dir rein:

Verfasse hier einen eigenen Text. Über Dich, oder irgendetwas anderes, was immer Du möchtest:

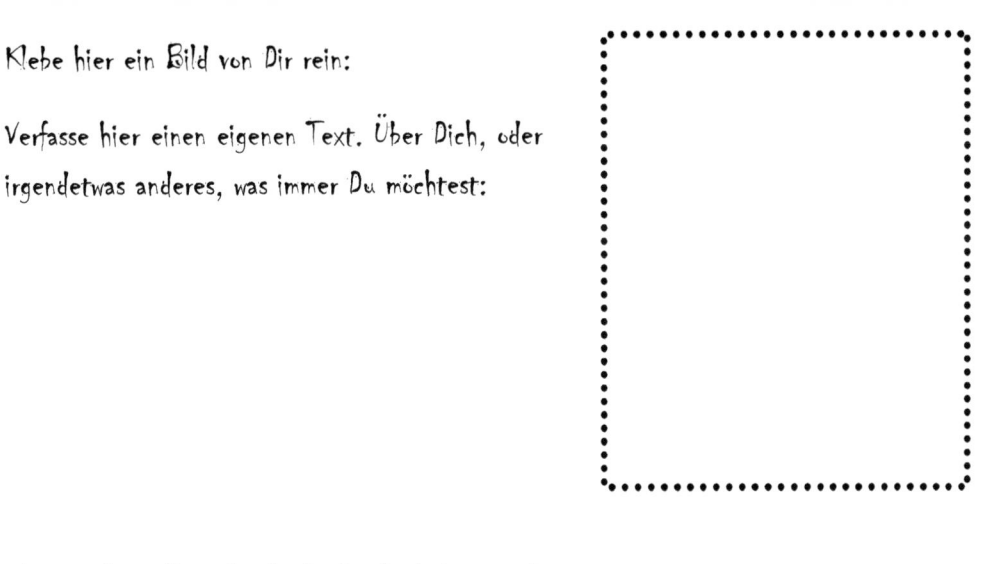

Was war das tollste Geschenk, das Du bekommen hast:

Was wolltest Du schon immer einmal tun, hast es aber noch nicht:

Wie denkst Du, würden andere Dich und Deine besonderen Fähigkeiten beschreiben:

☺☺■■•◆   ☞◆   ♎☺•   ●♏•♏■:

Was ist das Verrückteste, das Du bisher gemacht hast:

Wünschst Du Dir was, wenn Du eine Sternschnuppe siehst:

Glaubst Du an Aliens, sowie Übernatürliches:

Was könnten wir mal wieder gemeinsam unternehmen:

Bitte male auf der nächsten Seite ein Bild für mich. Dir steht frei, was und wie.

Dein gemaltes Bild für mich (lege ein Blatt unter, falls Du Filzstifte nimmst):

Welche Macke/n hast Du:

Was ist Dein Lebensziel / Lebenswunsch:

Welchen Beruf übst Du aus, bist Du mit diesem zufrieden und wenn nein, was würdest Du lieber machen wenn Du freie Wahl hättest:

Wo warst Du schon überall in Urlaub und wo möchtest Du noch hin:

Was haut Dich vom Hocker:

Was ist das Peinlichste, das Dir passiert ist und an das Du Dich erinnerst:

Was tust Du nur heimlich:

Auf was bist Du stolz:

Was kannst Du überhaupt nicht leiden:

Als was würdest Du Dich gerne verkleiden:

Erzähl mir einen Witz:

Welche Frage fehlt Dir hier und beantworte sie zeitgleich:

Name: Heutiges Datum:

Geburtstag:

Woher und wie lange kennst Du mich schon?

Was magst Du an mir?

Lieblingsmusik:

Leibgericht/e:

Lieblingsgetränk/e:

Katzen- oder Hundefreund:

Sport? Wenn ja, welche Arten:

Stadteule oder Landei:

Hast Du heute schon geschissen:

Burger King, Mac Donalds oder Subway:

Erfinde ein Wort, das es nicht gibt:

Bist Du smartphonesüchtig:

Klebe hier ein Bild von Dir rein:

Verfasse hier einen eigenen Text. Über Dich, oder irgendetwas anderes, was immer Du möchtest:

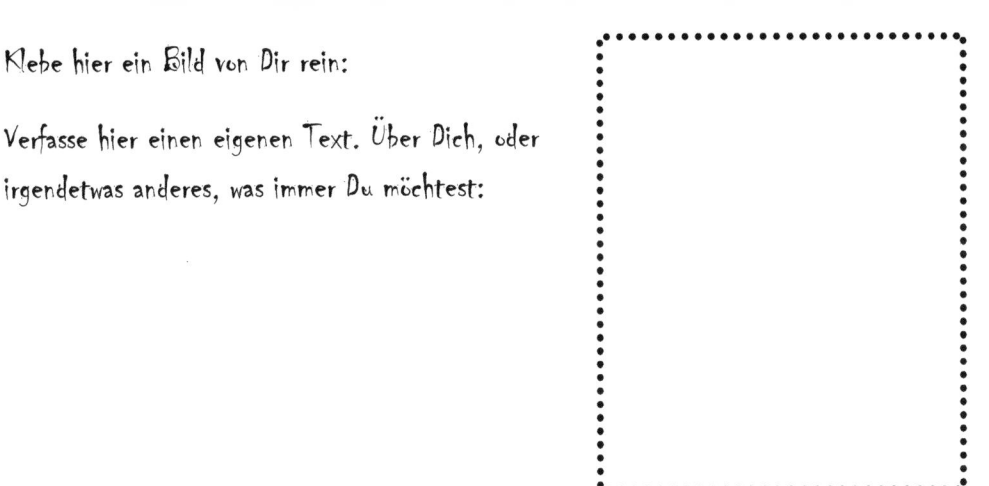

Was war das tollste Geschenk, das Du bekommen hast:

Was wolltest Du schon immer einmal tun, hast es aber noch nicht:

Wie denkst Du, würden andere Dich und Deine besonderen Fähigkeiten beschreiben:

☺♋■■•♦ 👎♦   ♎♋• ●♏•♏■:

Was ist das Verrückteste, das Du bisher gemacht hast:

Wünschst Du Dir was, wenn Du eine Sternschnuppe siehst:

Glaubst Du an Aliens, sowie Übernatürliches:

Was könnten wir mal wieder gemeinsam unternehmen:

Bitte male auf der nächsten Seite ein Bild für mich. Dir steht frei, was und wie.

Dein gemaltes Bild für mich (lege ein Blatt unter, falls Du Filzstifte nimmst):

Welche Macke/n hast Du:

Was ist Dein Lebensziel / Lebenswunsch:

Welchen Beruf übst Du aus, bist Du mit diesem zufrieden und wenn nein, was würdest Du lieber machen wenn Du freie Wahl hättest:

Wo warst Du schon überall in Urlaub und wo möchtest Du noch hin:

Was haut Dich vom Hocker:

Was ist das Peinlichste, das Dir passiert ist und an das Du Dich erinnerst:

Was tust Du nur heimlich:

Auf was bist Du stolz:

Was kannst Du überhaupt nicht leiden:

Als was würdest Du Dich gerne verkleiden:

Erzähl mir einen Witz:

Welche Frage fehlt Dir hier und beantworte sie zeitgleich:

Name: Heutiges Datum:

Geburtstag:

Woher und wie lange kennst Du mich schon?

Was magst Du an mir?

Lieblingsmusik:

Leibgericht/e:

Lieblingsgetränk/e:

Katzen- oder Hundefreund:

Sport? Wenn ja, welche Arten:

Stadteule oder Landei:

Hast Du heute schon geschissen:

Burger King, Mac Donalds oder Subway:

Erfinde ein Wort, das es nicht gibt:

Bist Du smartphonesüchtig:

Klebe hier ein Bild von Dir rein:

Verfasse hier einen eigenen Text. Über Dich, oder irgendetwas anderes, was immer Du möchtest:

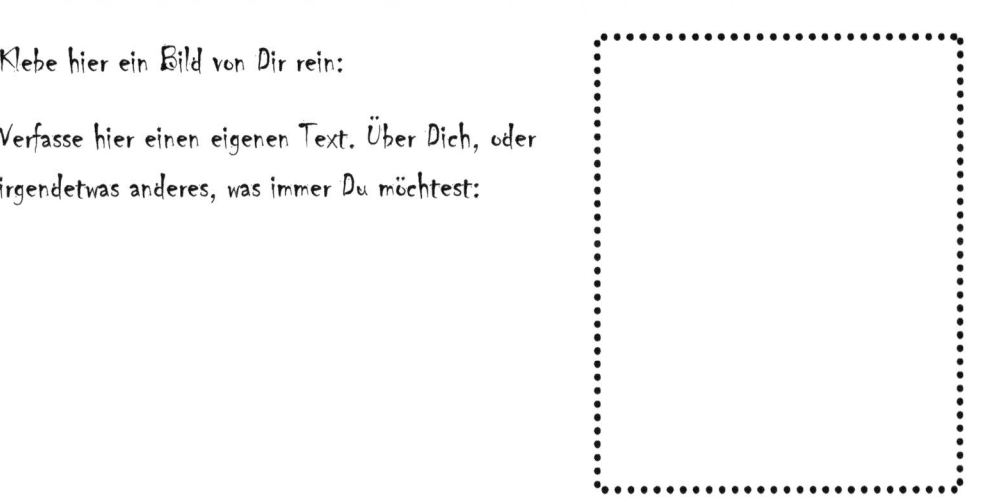

Was war das tollste Geschenk, das Du bekommen hast:

Was wolltest Du schon immer einmal tun, hast es aber noch nicht:

Wie denkst Du, würden andere Dich und Deine besonderen Fähigkeiten beschreiben:

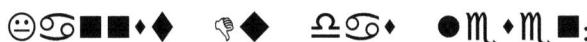

Was ist das Verrückteste, das Du bisher gemacht hast:

Wünschst Du Dir was, wenn Du eine Sternschnuppe siehst:

Glaubst Du an Aliens, sowie Übernatürliches:

Was könnten wir mal wieder gemeinsam unternehmen:

Bitte male auf der nächsten Seite ein Bild für mich. Dir steht frei, was und wie.

Dein gemaltes Bild für mich (lege ein Blatt unter, falls Du Filzstifte nimmst):

Welche Macke/n hast Du:

Was ist Dein Lebensziel / Lebenswunsch:

Welchen Beruf übst Du aus, bist Du mit diesem zufrieden und wenn nein, was würdest Du lieber machen wenn Du freie Wahl hättest:

Wo warst Du schon überall in Urlaub und wo möchtest Du noch hin:

Was haut Dich vom Hocker:

Was ist das Peinlichste, das Dir passiert ist und an das Du Dich erinnerst:

Was tust Du nur heimlich:

Auf was bist Du stolz:

Was kannst Du überhaupt nicht leiden:

Als was würdest Du Dich gerne verkleiden:

Erzähl mir einen Witz:

Welche Frage fehlt Dir hier und beantworte sie zeitgleich:

Name: Heutiges Datum:

Geburtstag:

Woher und wie lange kennst Du mich schon?

Was magst Du an mir?

Lieblingsmusik:

Leibgericht/e:

Lieblingsgetränk/e:

Katzen- oder Hundefreund:

Sport? Wenn ja, welche Arten:

Stadteule oder Landei:

Hast Du heute schon geschissen:

Burger King, Mac Donalds oder Subway:

Erfinde ein Wort, das es nicht gibt:

Bist Du smartphonesüchtig:

Klebe hier ein Bild von Dir rein:

Verfasse hier einen eigenen Text. Über Dich, oder irgendetwas anderes, was immer Du möchtest:

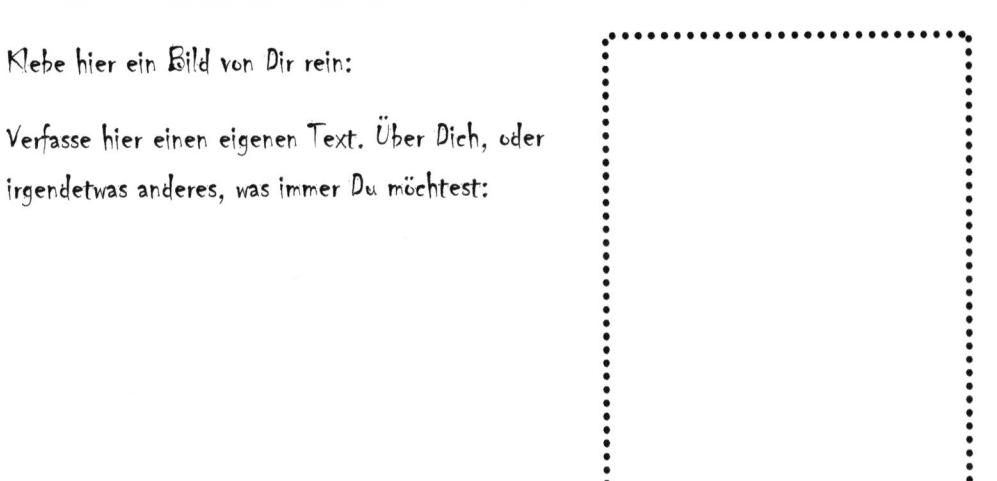

Was war das tollste Geschenk, das Du bekommen hast:

Was wolltest Du schon immer einmal tun, hast es aber noch nicht:

Wie denkst Du, würden andere Dich und Deine besonderen Fähigkeiten beschreiben:

☺♋■■•♦   ☜♦   ♎♋•   ●♏•♏■:

Was ist das Verrückteste, das Du bisher gemacht hast:

Wünschst Du Dir was, wenn Du eine Sternschnuppe siehst:

Glaubst Du an Aliens, sowie Übernatürliches:

Was könnten wir mal wieder gemeinsam unternehmen:

Bitte male auf der nächsten Seite ein Bild für mich. Dir steht frei, was und wie.

Dein gemaltes Bild für mich (lege ein Blatt unter, falls Du Filzstifte nimmst):

Welche Macke/n hast Du:

Was ist Dein Lebensziel / Lebenswunsch:

Welchen Beruf übst Du aus, bist Du mit diesem zufrieden und wenn nein, was würdest Du lieber machen wenn Du freie Wahl hättest:

Wo warst Du schon überall in Urlaub und wo möchtest Du noch hin:

Was haut Dich vom Hocker:

Was ist das Peinlichste, das Dir passiert ist und an das Du Dich erinnerst:

Was tust Du nur heimlich:

Auf was bist Du stolz:

Was kannst Du überhaupt nicht leiden:

Als was würdest Du Dich gerne verkleiden:

Erzähl mir einen Witz:

Welche Frage fehlt Dir hier und beantworte sie zeitgleich:

Name: Heutiges Datum:

Geburtstag:

Woher und wie lange kennst Du mich schon?

Was magst Du an mir?

Lieblingsmusik:

Leibgericht/e:

Lieblingsgetränk/e:

Katzen- oder Hundefreund:

Sport? Wenn ja, welche Arten:

Stadteule oder Landei:

Hast Du heute schon geschissen:

Burger King, Mac Donalds oder Subway:

Erfinde ein Wort, das es nicht gibt:

Bist Du smartphonesüchtig:

Klebe hier ein Bild von Dir rein:

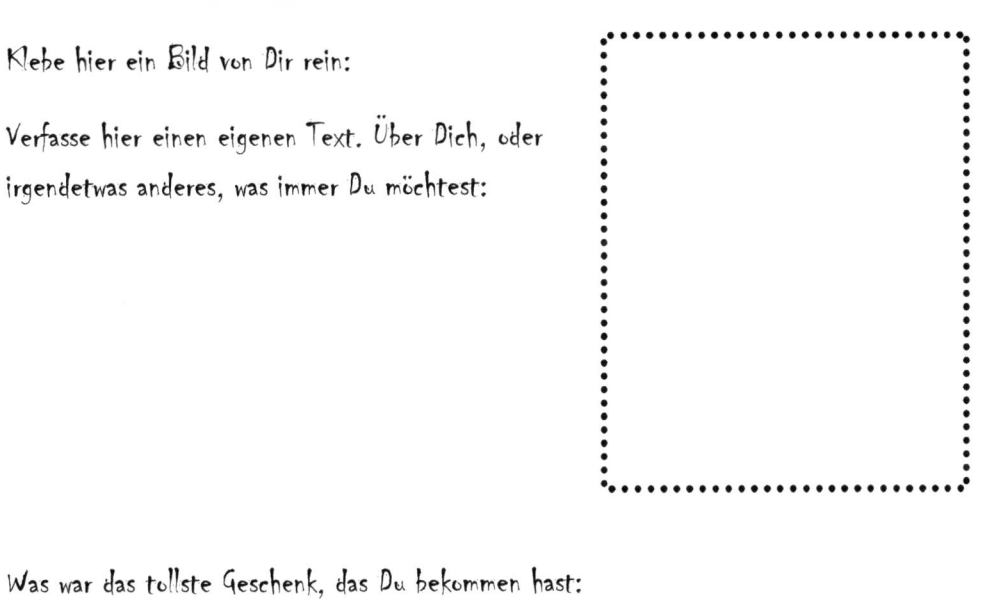

Verfasse hier einen eigenen Text. Über Dich, oder irgendetwas anderes, was immer Du möchtest:

Was war das tollste Geschenk, das Du bekommen hast:

Was wolltest Du schon immer einmal tun, hast es aber noch nicht:

Wie denkst Du, würden andere Dich und Deine besonderen Fähigkeiten beschreiben:

☺♋■■•♦ ☜♦ ♎♋• ●♏•♏■:

Was ist das Verrückteste, das Du bisher gemacht hast:

Wünschst Du Dir was, wenn Du eine Sternschnuppe siehst:

Glaubst Du an Aliens, sowie Übernatürliches:

Was könnten wir mal wieder gemeinsam unternehmen:

Bitte male auf der nächsten Seite ein Bild für mich. Dir steht frei, was und wie.

Dein gemaltes Bild für mich (lege ein Blatt unter, falls Du Filzstifte nimmst):

Welche Macke/n hast Du:

Was ist Dein Lebensziel / Lebenswunsch:

Welchen Beruf übst Du aus, bist Du mit diesem zufrieden und wenn nein, was würdest Du lieber machen wenn Du freie Wahl hättest:

Wo warst Du schon überall in Urlaub und wo möchtest Du noch hin:

Was haut Dich vom Hocker:

Was ist das Peinlichste, das Dir passiert ist und an das Du Dich erinnerst:

Was tust Du nur heimlich:

Auf was bist Du stolz:

Was kannst Du überhaupt nicht leiden:

Als was würdest Du Dich gerne verkleiden:

Erzähl mir einen Witz:

Welche Frage fehlt Dir hier und beantworte sie zeitgleich:

Name: Heutiges Datum:

Geburtstag:

Woher und wie lange kennst Du mich schon?

Was magst Du an mir?

Lieblingsmusik:

Leibgericht/e:

Lieblingsgetränk/e:

Katzen- oder Hundefreund:

Sport? Wenn ja, welche Arten:

Stadteule oder Landei:

Hast Du heute schon geschissen:

Burger King, Mac Donalds oder Subway:

Erfinde ein Wort, das es nicht gibt:

Bist Du smartphonesüchtig:

Klebe hier ein Bild von Dir rein:

Verfasse hier einen eigenen Text. Über Dich, oder irgendetwas anderes, was immer Du möchtest:

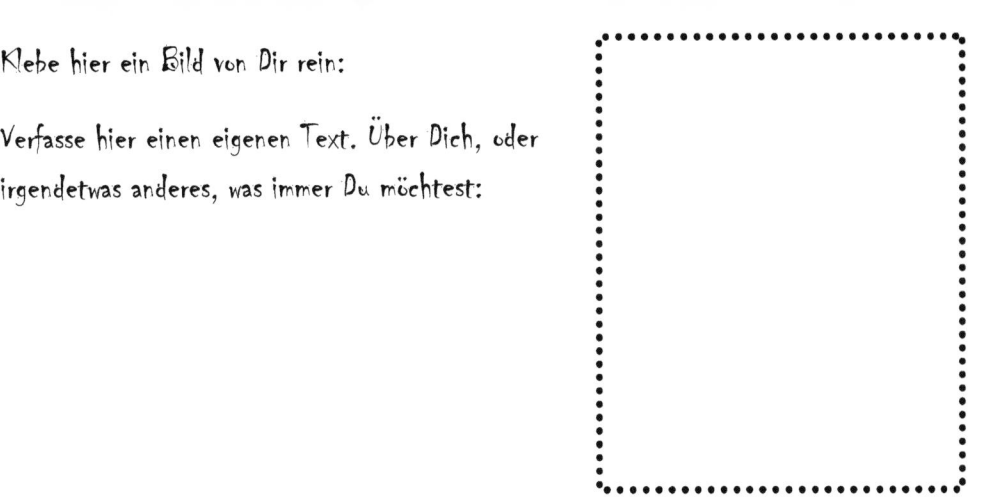

Was war das tollste Geschenk, das Du bekommen hast:

Was wolltest Du schon immer einmal tun, hast es aber noch nicht:

Wie denkst Du, würden andere Dich und Deine besonderen Fähigkeiten beschreiben:

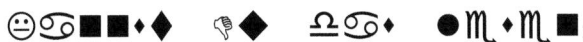

Was ist das Verrückteste, das Du bisher gemacht hast:

Wünschst Du Dir was, wenn Du eine Sternschnuppe siehst:

Glaubst Du an Aliens, sowie Übernatürliches:

Was könnten wir mal wieder gemeinsam unternehmen:

Bitte male auf der nächsten Seite ein Bild für mich. Dir steht frei, was und wie.

Dein gemaltes Bild für mich (lege ein Blatt unter, falls Du Filzstifte nimmst):

Welche Macke/n hast Du:

Was ist Dein Lebensziel / Lebenswunsch:

Welchen Beruf übst Du aus, bist Du mit diesem zufrieden und wenn nein, was würdest Du lieber machen wenn Du freie Wahl hättest:

Wo warst Du schon überall in Urlaub und wo möchtest Du noch hin:

Was haut Dich vom Hocker:

Was ist das Peinlichste, das Dir passiert ist und an das Du Dich erinnerst:

Was tust Du nur heimlich:

Auf was bist Du stolz:

Was kannst Du überhaupt nicht leiden:

Als was würdest Du Dich gerne verkleiden:

Erzähl mir einen Witz:

Welche Frage fehlt Dir hier und beantworte sie zeitgleich:

Name: Heutiges Datum:

Geburtstag:

Woher und wie lange kennst Du mich schon?

Was magst Du an mir?

Lieblingsmusik:

Leibgericht/e:

Lieblingsgetränk/e:

Katzen- oder Hundefreund:

Sport? Wenn ja, welche Arten:

Stadteule oder Landei:

Hast Du heute schon geschissen:

Burger King, Mac Donalds oder Subway:

Erfinde ein Wort, das es nicht gibt:

Bist Du smartphonesüchtig:

Klebe hier ein Bild von Dir rein:

Verfasse hier einen eigenen Text. Über Dich, oder irgendetwas anderes, was immer Du möchtest:

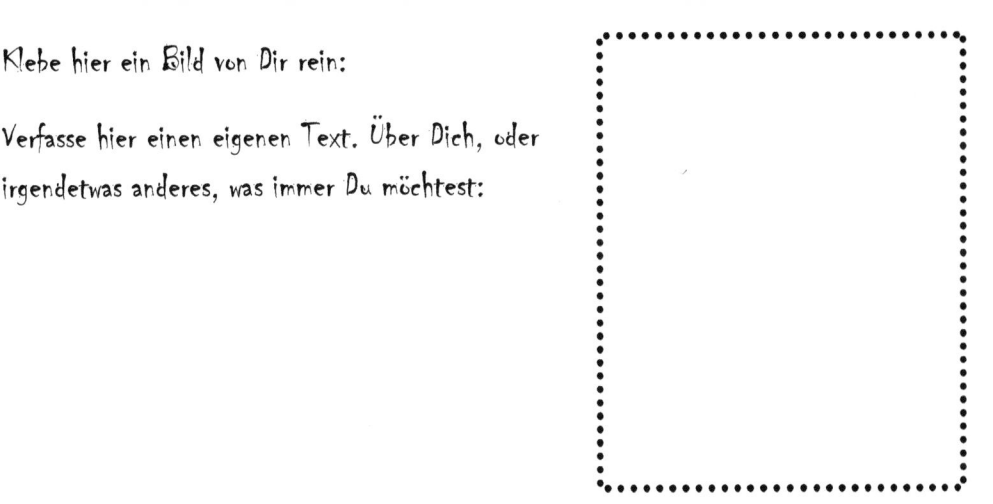

Was war das tollste Geschenk, das Du bekommen hast:

Was wolltest Du schon immer einmal tun, hast es aber noch nicht:

Wie denkst Du, würden andere Dich und Deine besonderen Fähigkeiten beschreiben:

☺♋■■•◆ ☜◆ ♎♋• ●m•m■:

Was ist das Verrückteste, das Du bisher gemacht hast:

Wünschst Du Dir was, wenn Du eine Sternschnuppe siehst:

Glaubst Du an Aliens, sowie Übernatürliches:

Was könnten wir mal wieder gemeinsam unternehmen:

Bitte male auf der nächsten Seite ein Bild für mich. Dir steht frei, was und wie.

Dein gemaltes Bild für mich (lege ein Blatt unter, falls Du Filzstifte nimmst):

Welche Macke/n hast Du:

Was ist Dein Lebensziel / Lebenswunsch:

Welchen Beruf übst Du aus, bist Du mit diesem zufrieden und wenn nein, was würdest Du lieber machen wenn Du freie Wahl hättest:

Wo warst Du schon überall in Urlaub und wo möchtest Du noch hin:

Was haut Dich vom Hocker:

Was ist das Peinlichste, das Dir passiert ist und an das Du Dich erinnerst:

Was tust Du nur heimlich:

Auf was bist Du stolz:

Was kannst Du überhaupt nicht leiden:

Als was würdest Du Dich gerne verkleiden:

Erzähl mir einen Witz:

Welche Frage fehlt Dir hier und beantworte sie zeitgleich:

Name: Heutiges Datum:

Geburtstag:

Woher und wie lange kennst Du mich schon?

Was magst Du an mir?

Lieblingsmusik:

Leibgericht/e:

Lieblingsgetränk/e:

Katzen- oder Hundefreund:

Sport? Wenn ja, welche Arten:

Stadteule oder Landei:

Hast Du heute schon geschissen:

Burger King, Mac Donalds oder Subway:

Erfinde ein Wort, das es nicht gibt:

Bist Du smartphonesüchtig:

Klebe hier ein Bild von Dir rein:

Verfasse hier einen eigenen Text. Über Dich, oder irgendetwas anderes, was immer Du möchtest:

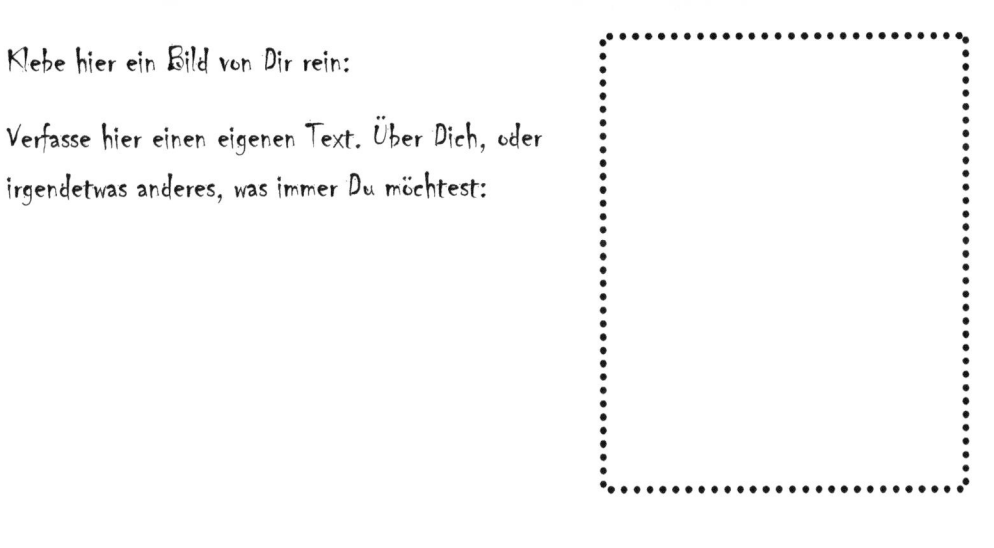

Was war das tollste Geschenk, das Du bekommen hast:

Was wolltest Du schon immer einmal tun, hast es aber noch nicht:

Wie denkst Du, würden andere Dich und Deine besonderen Fähigkeiten beschreiben:

☺♋■■•♦ 👎♦   ♎♋• ●♏•♏■:

Was ist das Verrückteste, das Du bisher gemacht hast:

Wünschst Du Dir was, wenn Du eine Sternschnuppe siehst:

Glaubst Du an Aliens, sowie Übernatürliches:

Was könnten wir mal wieder gemeinsam unternehmen:

Bitte male auf der nächsten Seite ein Bild für mich. Dir steht frei, was und wie.

Dein gemaltes Bild für mich (lege ein Blatt unter, falls Du Filzstifte nimmst):

Welche Macke/n hast Du:

Was ist Dein Lebensziel / Lebenswunsch:

Welchen Beruf übst Du aus, bist Du mit diesem zufrieden und wenn nein, was würdest Du lieber machen wenn Du freie Wahl hättest:

Wo warst Du schon überall in Urlaub und wo möchtest Du noch hin:

Was haut Dich vom Hocker:

Was ist das Peinlichste, das Dir passiert ist und an das Du Dich erinnerst:

Was tust Du nur heimlich:

Auf was bist Du stolz:

Was kannst Du überhaupt nicht leiden:

Als was würdest Du Dich gerne verkleiden:

Erzähl mir einen Witz:

Welche Frage fehlt Dir hier und beantworte sie zeitgleich:

Name: Heutiges Datum:

Geburtstag:

Woher und wie lange kennst Du mich schon?

Was magst Du an mir?

Lieblingsmusik:

Leibgericht/e:

Lieblingsgetränk/e:

Katzen- oder Hundefreund:

Sport? Wenn ja, welche Arten:

Stadteule oder Landei:

Hast Du heute schon geschissen:

Burger King, Mac Donalds oder Subway:

Erfinde ein Wort, das es nicht gibt:

Bist Du smartphonesüchtig:

Klebe hier ein Bild von Dir rein:

Verfasse hier einen eigenen Text. Über Dich, oder irgendetwas anderes, was immer Du möchtest:

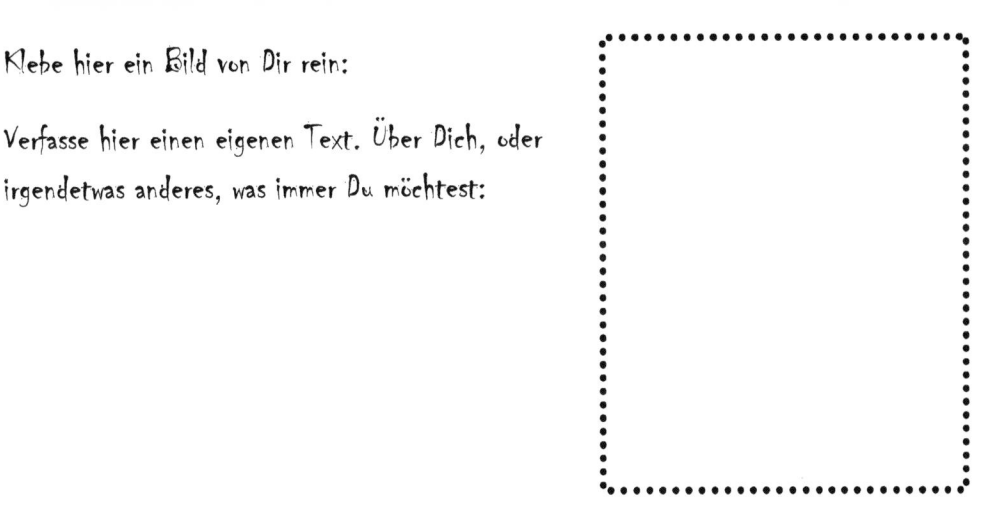

Was war das tollste Geschenk, das Du bekommen hast:

Was wolltest Du schon immer einmal tun, hast es aber noch nicht:

Wie denkst Du, würden andere Dich und Deine besonderen Fähigkeiten beschreiben:

Was ist das Verrückteste, das Du bisher gemacht hast:

Wünschst Du Dir was, wenn Du eine Sternschnuppe siehst:

Glaubst Du an Aliens, sowie Übernatürliches:

Was könnten wir mal wieder gemeinsam unternehmen:

Bitte male auf der nächsten Seite ein Bild für mich. Dir steht frei, was und wie.

Dein gemaltes Bild für mich (lege ein Blatt unter, falls Du Filzstifte nimmst):

Welche Macke/n hast Du:

Was ist Dein Lebensziel / Lebenswunsch:

Welchen Beruf übst Du aus, bist Du mit diesem zufrieden und wenn nein, was würdest Du lieber machen wenn Du freie Wahl hättest:

Wo warst Du schon überall in Urlaub und wo möchtest Du noch hin:

Was haut Dich vom Hocker:

Was ist das Peinlichste, das Dir passiert ist und an das Du Dich erinnerst:

Was tust Du nur heimlich:

Auf was bist Du stolz:

Was kannst Du überhaupt nicht leiden:

Als was würdest Du Dich gerne verkleiden:

Erzähl mir einen Witz:

Welche Frage fehlt Dir hier und beantworte sie zeitgleich:

Herstellung und Verlag:
BoD - Books on Demand, Norderstedt
ISBN 978-3-7392-2953-9